Gabriele D'Annunzio

Giovanni Episcopo

Texte et illustration de couverture : © domaine public
Edition : Culturea (Hérault, 34)
Contact : infos@culturea.fr
Retrouvez notre catalogue sur http://culturea.fr
Imprimé en Allemagne par Books on Demand
Design typographique : Derek Murphy
Layout : Reedsy (https://reedsy.com/)

Dépôt légal : janvier 2023

ISBN : 9791041845712

A Matilde Serao.

Illustre signora, mia cara amica, questo piccolo libro che io vi dedico non ha per me importanza di arte; ma è un semplice documento letterario publicato a indicare il primo sforzo istintivo di un artefice inquieto verso una finale rinnovazione.

Fu scritto a Roma nel gennaio del 1891, dopo quindici mesi di completo riposo intellettuale trascorsi in gran parte fra ozii torpidi ed esercizii violenti dentro una caserma di cavalleria. La persona di Giovanni Episcopo era già stata da me osservata e studiata con intensa curiosità, due anni innanzi. Il filosofo Angelo Conti l'aveva conosciuta per la prima volta nel gabinetto d'un medico, all'ospedale di San Giacomo. Io, quel nobile filosofo e il pittore simbolico Marius de Maria avevamo poi frequentato una mortuaria taverna della via Alessandrina per incontrarci col doloroso bevitore. Alcune circostanze bizzarre avevano favorito il nostro studio. (Angelo Conti appunto aveva provveduto la siringa e la morfina pel povero Battista!) Ma il raro materiale, raccolto con la maggior possibile esattezza, era rimasto grezzo in alcune pagine di note.

Voi, così costante e così fiera lavoratrice, non conoscete forse i gravi turbamenti che porta nella conscienza dell'artefice una lunga interruzione del lavoro. Uscito dalla servitù militare, io durai fatica a riprendere le antiche consuetudini dello spirito, ad acquistare una nozione precisa del mio nuovo stato interiore, a raccogliermi, quasi direi a ripossedermi. Compresi allora come sia profonda e inevitabile su noi l'azione pur degli estranei da cui tante diversità ci separano, e come sia più difficile preservare la nostra persona morale che il nostro corpo dai rudi contatti delle moltitudini per mezzo a cui viviamo o passiamo. Nulla, mia cara amica, nulla di quanto crediamo nostro ci appartiene.

Il cavalleggere abituato a restare in sella dieci ore di séguito e a sciabolare in corsa il vento aveva una specie di ripugnanza fisica contro l'immobilità della sedia, contro l'irritante esercizio della scrittura. Alcune settimane plumbee passarono su un malessere indefinibile nel quale spuntavano e si dissolvevano di continuo piccole energie fatue, come le piccole bolle nell'acqua mantenuta in un bollore leggero ma costante da un lento fuoco.

Mi pareva che tutte le mie facoltà di scrittore si fossero oscurate, indebolite, disperse. Mi sentivo in certe ore così profondamente distaccato dall'Arte, così estraneo al mondo ideale in cui un tempo avevo vissuto, così arido, che nessuna instigazione valeva a scuotermi dall'inerzia pesante e triste in cui mi distendevo. Qualunque tentativo riescì vano: nessuna lettura valse a fecondarmi. Le pagine predilette, che un tempo avevano provocato nel mio cervello le più alte ebrezze, ora mi lasciavano freddo. Di tutta la mia opera passata provavo quasi disgusto, come d'una compagine senza vitalità, la quale non avesse più alcun legame col mio spirito e pure mi premesse d'un intollerabile peso. Certi brani di stile, in qualche mio libro di prosa, mi facevano ira e vergogna. Mi parevano vacue e false le più lucide forme verbali in cui m'ero compiaciuto.

Mai artefice ripudiò la sua opera passata con maggior sincerità di disdegno, pur non avendo ancóra in sé l'agitazione dell'opera futura né la conscienza del nuovo potere.

Ma in noi esseri d'intelletto un lavorio occulto si compie, le cui fasi lente non sono percettibili talvolta neppure in parte dai più vigili e dai più perspicaci. Se sul nostro intelletto pende di continuo la minaccia spaventevole o d'una improvvisa lesione o d'una progressiva degenerazione degli organi, in compenso questi medesimi fragili mutevoli organi sono mossi al servizio dell'Arte da attività misteriose e prodigiose che a poco a poco elaborano la materia quasi amorfa ricevuta dall'esterno e la riducono a una forma e a una vita superiori. E l'una e l'altra possibilità, la tragica e la felice, hanno comune il campo oscuro ed immensurabile della nostra inconscienza bruta.

Una sera di gennaio, stando solo in una grande stanza un poco lugubre, io sfogliavo alcune raccolte di note: materiale narrativo in parte già adoperato e in parte ancóra vergine. Una singolare inquietudine mi teneva. Se bene io fossi occupato alla lettura, la mia sensibilità era straordinariamente vigilante nel silenzio; e io potei osservare, nel corso della lettura, che il mio cervello aveva una facilità insolita alla formazione e alla associazione delle imagini più diverse. Non era quella la prima volta che accadeva in me il fenomeno, ma mi pareva che mai avesse raggiunto un tal grado d'intensità. Incominciavo a vedere, in sensazione visiva reale, le apparenze imaginate. E l'inquietudine si faceva, di minuto in minuto, più forte.

Quando lessi sul frontespizio di un fascicolo il nome di Giovanni Episcopo, in un attimo, come nel bagliore d'un lampo, vidi la figura dell'uomo: non la figura corporea soltanto ma quella morale, prima di aver sotto gli occhi le note, per non so qual comprensiva intuizione che non mi parve promossa soltanto dal risveglio repentino d'uno strato della memoria ma dal segreto concorso di elementi psichici non riconoscibili ad alcun lume d'analisi immediata.

Allora quell'uomo dolce e miserabile, quel Christus patiens, si mise a vivere (innanzi a me? dentro di me?) d'una vita così profonda che la mia vita stessa ne restò quasi assorbita.

Mai, signora, mai da creatura terrestre avevo ricevuta una più violenta commozione. Mai avevo assistito a un più alto e più spontaneo miracolo dell'intelligenza: alla perfetta ricostituzione d'un essere vitale nello spirito di un artefice repentinamente invaso dalla forza creatrice. Mai Giovanni Episcopo era stato più vivo.

E con lui Giulio Wanzer, Ginevra, Ciro, il vecchio, respiravano, palpitavano: avevano i loro sguardi, i loro gesti, le loro voci, un odore umano, qualche cosa di miserevolmente umano che doveva rendere indimenticabili i loro aspetti. E ciascun episodio del dramma doveva aver la potenza di suscitare un brivido non somigliante ad alcun altro. E quella corsa del padre e del figlio, sotto il sole feroce, nel silenzio, nel deserto, a traverso i terreni ingombri di macerie, fra le pozze di calce abbacinanti; e quel loro entrare nella casa muta, luminosa e vacua; e quell'aspettazione misurata mortalmente dai palpiti delle loro arterie; e il grido selvaggio, e il fanciullo avviticchiato al gran corpo di quel bruto, e i colpi di coltello in quella schiena possente, e lo schianto, e il gorgoglio del sangue; e l'agonia di Ciro, in quella stanza, nel crepuscolo, al conspetto dell'ucciso; e poi, nell'ore che seguirono, il padre solo con quei due cadaveri... Ah, mia cara amica, perché ebbi una sì fiera visione e feci una sì debole opera? Perché su la pagina quel gran tutto di forza si attenuò e si spense?

La mattina dopo, mi misi al lavoro. Lavorai con una strana energia, per alcuni giorni, senza altra interruzione che quella del sonno e dei pasti. E avevo sempre d'innanzi agli occhi viva, specialmente nella notte, la figura di Giovanni.

Ecco, mia cara amica, la genesi di questo piccolo libro che io vi dedico. Penso che troverete qui i primi elementi di una rinnovazione proseguita poi nell'Innocente con più rigore di metodo, esattezza di analisi, semplicità di stile.

Tutto il metodo sta in questa formula schietta: - Bisogna studiare gli uomini e le cose DIRETTAMENTE, *senza transposizione alcuna.*

Ma chi vorrà studiare? Quanti ancóra in Italia intendono il significato di un tal verbo? Quanti sentono la necessità di rinnovarsi? Quanti hanno fede nella loro forza e sicurezza nella loro

Ego autem sum vermis, et non homo;

opprobrium hominum, et abjecto

plebis. Omnes videntes me, derisunt me...

PSALM, XXI, 7,8.

Judica me secundum justitiam tuam.

PSALM, XXXIV, 24.

Dunque, voi volete sapere... Che cosa volete sapere, signore? Che cosa vi debbo dire? Che cosa? - Ah, tutto! - Bisognerà dunque che io vi racconti tutto, fin dal principio.

Tutto, fin dal principio! Come farò? Io non so più nulla; non mi ricordo più di nulla, veramente. Come farò, signore? Come farò?

Oh Dio! Ecco... - Aspettate, vi prego, aspettate. Abbiate pazienza. Abbiate un poco di pazienza; perché io non so parlare. Se pure mi ricorderò di qualche cosa, non ve la saprò raccontare. Quando ero tra gli uomini, ero taciturno. Ero taciturno, anche dopo che avevo bevuto: sempre.

No, non sempre. Con lui, parlavo; soltanto con lui. Certe sere d'estate, fuori di porta, o nelle piazze, nei giardini publici... Metteva il suo braccio sotto il mio, quel povero braccio scarno, così esile che quasi non lo sentivo. E andavamo insieme, ragionando.

Undici anni - pensate, signore - aveva soli undici anni; e ragionava come un uomo, era triste come un uomo. Pareva che sapesse già tutta la vita, che soffrisse tutte le sofferenze. La sua bocca conosceva già le parole amare, quelle che fanno tanto male e che non si dimenticano!

Chi dimentica qualche cosa? Chi?

Io vi dicevo: non so più nulla, non mi ricordo più nulla... Oh, non è vero.

Mi ricordo di tutto, di tutto, di tutto. Capite? Mi ricordo delle sue parole, dei suoi gesti, dei suoi sguardi, delle sue lacrime, dei suoi sospiri, dei suoi gridi, d'ogni atto della sua esistenza, dall'ora che è nato all'ora che è morto.

È morto. Sono già sedici giorni che è morto. E io vivo ancóra! Ma io debbo morire; quanto più presto è possibile, io debbo morire. Il mio figliuolo vuole che io vada. Tutte le notti viene, si siede, mi guarda. È scalzo, povero Ciro! Bisogna che io stia con gli orecchi tesi per accorgermi del suo passo. Continuamente, da che si fa buio, sto in ascolto; continuamente. Quando mette il piede su la soglia, è come se lo mettesse sul mio cuore; ma piano piano, senza farmi male, oh, tanto leggero... Povera anima!

È scalzo, ora, tutte le notti. Ma, credetemi, mai mai nella sua vita, mai è andato scalzo. Ve lo giuro: mai.

Vi dirò una cosa. State bene attento. Se vi morisse una persona cara, fate che nella cassa non le manchi nulla. Vestitela voi, se potete, con le vostre mani. Vestitela tutta quanta, minutamente, come se dovesse rivivere, levarsi, uscire. Nulla deve mancare a chi se ne va dal mondo; nulla. Ricordatevene.

Ecco, guardate queste scarpette. - Avete figliuoli? - No. Ebbene, voi non potete sapere, voi non potete intendere che cosa sieno per me queste due scarpette logore che hanno contenuto i suoi piedi, che hanno conservata la forma dei suoi piedi. Io non saprò dirvelo mai, nessun padre ve lo saprà mai dire; nessuno.

In quel momento, quando entrarono nella stanza, quando vennero per portarmi via, tutti i suoi abiti non erano là, su la sedia, accanto al letto? Perché io non cercai altro che le scarpe, ansiosamente, sotto il letto, sentendomi scoppiare il cuore al pensiero di non trovarle; e le nascosi, come se dentro ci fosse rimasto un poco della sua vita? Ah, voi non potete intendere.

Certe mattine fredde, d'inverno, all'ora della scuola... Soffriva di geloni, povero bambino! D'inverno aveva i piedi tutti piagati, sanguinanti. Io gli mettevo le calze, io gli mettevo le scarpe. Sapevo fare tanto bene. Poi, nell'allacciare, chino a terra, sentivo che le sue mani appoggiate su le mie spalle tremavano già di freddo. E io mi indugiavo... Voi non potete intendere.

Allora, quando morì, era questo l'unico paio; questo che vedete. E io glielo tolsi. E, certo, egli fu seppellito così, come un poverello. Chi gli voleva bene, fuori che il padre?

Ora, tutte le sere, io prendo queste due scarpette e le poso l'una accanto all'altra, su la soglia, per lui. S'egli le vedesse, passando? Le vede forse, ma non le tocca. Sa forse che io diventerei pazzo, se la mattina non le ritrovassi là, al loro posto, l'una accanto all'altra...

Mi credete pazzo? Ah, no? Mi pareva di leggere ne' vostri occhi... No, signore; non sono ancóra pazzo. Questo che vi racconto, è vero. Tutto è vero. I morti ritornano.

Ritorna anche l'altro, qualche volta. Orribile! Oh, oh, oh, orribile!

Vedete: intere notti ho tremato così, ho battuto i denti, senza potermi frenare; ho creduto che per il terrore mi si staccassero le ossa, alle giunture; ho sentito i capelli su la fronte come aghi, sino alla mattina, duri, diritti. Non ho tutti i capelli bianchi? Dite: non sono bianchi?

Grazie, signore. Vedete: non tremo più. Sono malato, molto malato. Quanti giorni di vita mi dareste ancóra, a giudicarmi dall'aspetto? Voi lo sapete: io debbo morire, quanto più presto è possibile.

Ma sì, sì, ecco, sono calmo, perfettamente calmo. Vi racconterò tutto, fin dal principio, come vorrete: tutto, per ordine. La ragione non m'ha abbandonato ancóra. Credetemi.

Ecco, dunque. Fu in una casa dei quartieri nuovi; in una specie di pensione privata, dodici o tredici anni fa. Eravamo una ventina d'impiegati, tra vecchi e giovani. Andavamo là a desinare, la sera, insieme, a una stessa ora, a una stessa tavola. Ci conoscevamo tutti, più o meno, benché non fossimo tutti dello stesso ufficio. Là conobbi Wanzer, Giulio Wanzer, dodici o tredici anni fa.

Voi... vedeste... il cadavere? - Non vi parve che ci fosse qualche cosa di straordinario in quel viso, negli occhi? - Ah, ma gli occhi erano chiusi... Non tutt'e due, però; non tutt'e due. Io lo so. Debbo morire, almeno per levarmi dalle dita l'impressione di quella palpebra che resisteva... La sento, la sento, qui, sempre; come se mi si fosse attaccata qui un poco di quella pelle. Guardate. Questa non è una mano che ha già incominciato a morire? Guardatela.

Sì; è vero. Non bisogna pensarci. Perdonatemi. Ora andrò dritto alla fine. Dove eravamo rimasti? Avevo incominciato tanto bene; e, sùbito, mi sono smarrito! Deve essere l'effetto del digiuno; non altro, certo, non altro. Da quasi due giorni non prendo nulla.

Prima, mi ricordo, quando ero a stomaco vuoto, avevo una specie di delirio leggero, tanto strano. Pareva che vaneggiassi: vedevo delle cose...

Ah, eccomi. Avete ragione. Dicevo dunque che là conobbi Wanzer.

Dominava tutti, là dentro; soverchiava tutti; non soffriva contradizioni. Alzava sempre la voce; qualche volta, le mani. Non passava sera, quasi, ch'egli non avesse un alterco. Era odiato e temuto, là dentro, come un tiranno. Tutti parlavano male di lui, mormoravano, congiuravano; a pena egli appariva, anche i più rabbiosi tacevano. I più timidi gli sorridevano, lo accarezzavano. Che aveva quell'uomo?

Io non so. A tavola, gli stavo quasi di contro. Non volendo, gli tenevo gli occhi addosso, continuamente. Provavo una sensazione strana, che io non vi so esprimere: un misto di repulsione e di attrazione, indefinibile. Era qualche cosa come un fascino cattivo, assai cattivo, che quell'uomo forte sanguigno e violento mandava verso di me tanto debole, anche allora, e malaticcio, e irresoluto; e, veramente, un poco vile.

Una sera, su la fine del desinare, sorse una discussione tra Wanzer e un certo Ingletti che stava di posto accanto a me. Secondo il solito, Wanzer alzava la voce e s'adirava. Ingletti, forse reso audace dal vino, gli teneva testa. Io rimanevo quasi immobile, con gli occhi fissi sul mio piatto, non osando levarli; e lo stomaco mi s'era chiuso, orribilmente. Partì qualche parola ingiuriosa. D'un tratto, Wanzer afferrò un bicchiere e lo scagliò contro l'avversario. Il colpo fallì; e il bicchiere venne a spezzarsi su la mia fronte, qui, dove vedete la cicatrice.

Come mi sentii per la faccia il sangue caldo, persi la conoscenza. Quando la ripresi, avevo già il capo fasciato. Wanzer era là, con un'aria dolente; mi disse qualche parola di scusa. Mi riaccompagnò a casa, col dottore; assistette alla seconda medicatura; volle rimanere nella mia stanza fino a tardi. La mattina dopo, tornò. Tornò spesso. E incominciò allora la mia schiavitù.

Io non potevo avere verso di lui altra attitudine che quella di un cane impaurito. Quando entrava nella mia stanza, egli pareva il padrone. Apriva i miei cassetti, si pettinava col mio pettine, si lavava le mani nella mia catinella, fumava nella mia pipa, frugava tra le mie carte, leggeva le mie lettere, portava via gli oggetti che gli piacevano. Di giorno in giorno, la sua prepotenza diveniva più incalzante, e di giorno in giorno la mia anima si avviliva, si rimpiccioliva. Non ebbi più volontà. Mi sottomisi pienamente, senza proteste. Colui mi levò ogni senso di dignità umana, così, d'un tratto, con la stessa facilità con cui mi avrebbe strappato un capello.

E io non ero istupidito, no. Avevo conscienza di tutto ciò che facevo, una conscienza lucidissima di tutto: della mia debolezza e della mia abiezione; e specialmente, dell'impossibilità assoluta, in cui ero, di sottrarmi al potere di quell'uomo.

Io non vi so definire, per esempio, il sentimento profondo e oscuro che mi veniva dalla cicatrice. E non vi so spiegare il gran turbamento che m'invase, quando, un giorno, il mio carnefice mi prese la testa fra le mani per guardare questa cicatrice che era ancóra tenera e tutta accesa; e sopra ci passò le dita più volte; e poi disse:

- È chiusa perfettamente. Fra un mese non si vedrà più nulla. Puoi ringraziare Iddio.

Mi parve in vece, da quel minuto, di avere in fronte non una cicatrice ma un bollo servile, un segno vergognoso e visibilissimo, per tutta l'esistenza.

Io lo seguii dovunque egli volle; lo aspettai per ore intere su la strada, davanti a una porta; vegliai le notti a ricopiare per lui le carte del suo ufficio; andai a portare le sue lettere da un capo all'altro di Roma; cento volte, salii le scale del Monte di Pietà, corsi di usuraio in usuraio, trafelato, per trovargli una somma che lo doveva salvare; cento volte, rimasi dietro la sua sedia, in una bisca, fino all'alba, morto di stanchezza e di nausea, tenuto desto dagli scoppii delle sue bestemmie e dal fumo acre che mi mordeva la gola; ed egli s'impazientiva della mia tosse, e m'accusava della sua sfortuna; e poi, se aveva perduto, uscendo, per i vicoli deserti, in mezzo alla nebbia, mi trascinava come uno straccio, gesticolando e imprecando, finché non sorgeva a una svolta un'ombra che ci offriva l'acquavite.

Ah, signore, chi saprà svelarmi questo mistero, prima ch'io muoia? Ci sono dunque su la terra uomini che, incontrando altri uomini, possono farne quel che vogliono, possono farli schiavi? Si può dunque togliere a uno la volontà come gli si può togliere di tra le dita un filo di paglia? Si può fare questo, signore? Ma perché?

Davanti al mio carnefice, non ho mai potuto volere. E pure avevo l'intelligenza; e pure avevo il cervello pieno di pensieri; e avevo letto molti libri, e sapevo molte cose, e comprendevo molte cose. Una cosa, una cosa, sopra tutte, comprendevo: - che io ero perduto, irremissibilmente. Avevo di continuo, in fondo a me, uno sbigottimento, un tremore; e, da quella sera della ferita, m'era rimasta la paura del sangue, la visione del sangue. Le cronache dei giornali mi turbavano, mi toglievano il sonno. Certe notti, quando rientrando con Wanzer passavo per un andito buio, per una scala buia, e i fiammiferi stentavano ad accendersi, mi sentivo un brivido nella schiena e i capelli cominciavano a diventarmi sensibili. Il mio pensiero fisso era che, una notte o l'altra, colui mi avrebbe trucidato.

Non fu così. Fu, in vece, quel che non poteva essere. Io pensavo: - morire per quelle mani, una notte, atrocemente, - ecco il mio destino, sicuro. In vece...

Ma ascoltatemi. Se, quella sera, Wanzer non fosse venuto a cercare nella stanza di Ciro; se io non avessi veduto sul tavolo il coltello; se qualcuno non fosse entrato dentro di me, all'improvviso, per darmi quel terribile impeto; se...

Ah, è vero. Avete ragione. Siamo ancóra al principio e io vi parlo della fine! Voi non potrete capire se prima io non vi racconterò tutto. E pure, sono già stanco; mi confondo già. Non ho più nulla da dire, signore. Ho la testa leggera leggera, come una vescica piena d'aria. Non ho più nulla da dire: Amen, amen.

Ecco, è passato. Basta. Grazie. Voi siete molto buono; avete pietà di me. Nessuno ha mai avuto pietà di me, su la terra.

Mi sento meglio; posso seguitare. Vi dirò di lei, di Ginevra.

Dopo il fatto del bicchiere, alcuni dei nostri compagni abbandonarono la pensione, altri dichiararono che sarebbero rimasti se fosse stato escluso Giulio Wanzer. Così Wanzer ebbe, là, dalla padrona di casa una specie di congedo. Dopo avere strepitato contro tutti, secondo il solito, si ritirò. E quando io fui in grado di uscire, egli volle condurmi seco; pretese che io lo seguissi.

Per molto tempo, andammo vagando di trattoria in trattoria, svogliatamente. Nulla era più triste, per me, di quell'ora che per gli altri affaticati è un sollievo e qualche volta un oblio. Mangiavo a pena, sforzandomi, provando un disgusto crescente nell'udire il romore che facevano le mascelle del mio commensale: mascelle da mastino, formidabili, che avrebbero stritolato l'acciaio. E a poco a poco incominciava ad accendersi in me la sete, quella sete che, una volta accesa, dura fino alla morte.

Ma una sera Wanzer mi lasciò libero. E il giorno dopo mi annunziò di avere scoperto un luogo piacevolissimo, dove egli voleva sùbito condurmi.

- Ho trovato. Vedrai. Sarai contento.

La nuova pensione, in fatti, era forse migliore dell'antica. Le condizioni mi convenivano. C'erano là alcuni de' miei compagni d'ufficio. Parecchi altri, anche, non m'erano ignoti. Rimasi. Né avrei potuto, voi lo sapete, non rimanere.

Quella prima sera, come fu portata la minestra in tavola, due o tre insieme domandarono, con una vivacità singolare:

- E Ginevra? Dov'è Ginevra?

Fu risposto che Ginevra era malata. Allora tutti s'informarono della malattia, tutti mostrarono un gran rincrescimento. Ma si trattava di cosa leggera. Nella conversazione, il nome della assente passò su tutte le bocche, proferito in mezzo a frasi ambigue che tradivano un desiderio sensuale da cui tutti quegli uomini, vecchi e giovani, erano turbati. Io cercavo di cogliere quelle parole da un capo all'altro della tavola. Un giovine libertino, di contro a me, parlò della bocca di Ginevra, a lungo, accalorandosi; e guardava me, nel parlare, perché io l'ascoltavo con un'attenzione straordinaria. Mi ricordo che allora mi si formò nell'imaginazione la figura dell'assente, poco diversa da quella che in realtà poi vidi. Mi ricordo sempre del gesto espressivo che fece Wanzer e dell'atteggiamento, quasi direi d'ingordigia, che presero le sue labbra nel pronunziare una frase oscena in dialetto. E mi ricordo che, uscendo di là, io già mi sentivo addosso il contagio del desiderio per quella donna non veduta, e una leggera inquietudine, una certa esaltazione molto strana, quasi profetica.

Uscimmo di là insieme, io, Wanzer e un amico di Wanzer, un tal Doberti, quello stesso che aveva parlato della bocca. Camminando, i due seguitavano a discorrere di voluttà grossolane; e si fermavano di tratto in tratto per prolungare le risa. Io rimanevo un poco indietro. Una malinconia quasi affannosa, un'abondanza di cose oscure e confuse mi gonfiava il cuore già tanto avvilito e stretto.

Ancóra, dopo circa dodici anni, io mi ricordo di quella sera. Non ho dimenticato nulla; neppure la particolarità più insignificante. Io so ora, come sentii allora, che in quella sera fu decisa la mia sorte. Da chi mi veniva dunque l'avviso?

È possibile? È possibile? Un semplice nome di donna, tre sillabe sonore aprono d'innanzi a voi un abisso inevitabile, che voi vedete, che voi sapete inevitabile. È possibile questo?

Presentimento, chiaroveggenza, vista interiore... Parole! Parole! Io ho letto nei libri. Non è così, non è così. Vi siete mai guardato dentro? Avete mai sorvegliata la vostra anima?

Voi soffrite. La vostra sofferenza vi pare nuova, non mai provata? Voi gioite. La vostra gioia vi pare nuova, non mai provata? Errore, illusione. Tutto è stato provato, tutto è accaduto. La vostra anima si compone di mille, di centomila frammenti d'anime che hanno vissuta tutta la vita, che hanno prodotto tutti i fenomeni ed hanno assistito a tutti i fenomeni. Capite dove voglio giungere? Ascoltatemi bene, perché questa che vi dico è la verità; la verità scoperta da uno che ha passato anni ed anni a guardare dentro di sé continuamente, solo in mezzo agli uomini, solo. Ascoltatemi bene, perché questa è una verità assai più importante dei fatti che volete conoscere. Quando...

Un'altra volta? Domani? Perché domani? Non volete dunque che io vi spieghi il mio pensiero?

Ah, i fatti, i fatti, sempre i fatti! - I fatti non sono nulla, non significano nulla. C'è qualche cosa al mondo, signore, che vale assai più.

Ebbene: un altro enigma. Perché Ginevra in realtà somigliava quasi fedelmente alla figura che m'era balenata dentro? Lasciamo stare. - Dopo tre o quattro giorni d'assenza, ella rientrò nella sala portando una zuppiera che le velava di fumo la faccia.

Sì, signore: era una cameriera, serviva una mensa d'impiegati.

L'avete vista? L'avete conosciuta? Le avete parlato? Ed ella vi ha parlato? Anche voi, certo, avete provato quel turbamento improvviso ed inesplicabile, se ella vi ha toccato una mano.

Tutti gli uomini l'hanno desiderata, tutti la desiderano, la vogliono; la vorranno ancóra. Wanzer è morto; ella avrà ancóra un amante, cento amanti, finché non sarà vecchia, finché non le cadranno di bocca i denti. Quando ella passava per la via, il principe nella sua carrozza si voltava indietro, il pezzente si fermava a guardarla. In tutti gli occhi ho sorpreso lo stesso lampo, ho letto lo stesso pensiero.

Ed è mutata, molto mutata. Allora aveva vent'anni. Mi sono sforzato sempre inutilmente di rivederla, dentro di me, tale quale la vidi la prima volta. Là sta il segreto. Non avete mai notato questo? Un uomo, un animale, una pianta, una qualunque cosa vi dà il suo vero aspetto una volta sola, ossia nel momento fugace della prima percezione. È come se vi desse la sua verginità. Sùbito dopo, non è più quella; è un'altra cosa. La vostra anima, i vostri nervi la trasformano, la falsano, la oscurano. Addio.

Ebbene, io ho sempre invidiato l'uomo che vedeva per la prima volta quella creatura. M'intendete? Forse no, non m'intendete. Voi pensate che io vaneggio, che mi confondo e che mi contraddico. È inutile. Lasciamo stare. Torniamo ai fatti.

...Una stanza illuminata dal gas, troppo calda, d'un calore arido, che dissecca la pelle; e l'odore e il vapore delle vivande; e un romore confuso di voci, e su tutte le voci quella aspra di Wanzer, che rende cruda ogni parola. Poi, di tratto in tratto, una interruzione, un silenzio che mi sembra spaventevole. E una mano mi sfiora, prende il piatto davanti a me, ne posa un altro; mi suscita un brivido, come se mi accarezzasse. Tutti, intorno alla tavola, successivamente, provano il medesimo brivido: visibile. E il calore diviene soffocante; gli orecchi si accendono, gli occhi luccicano. Un'espressione bassa, quasi bestiale, appare nelle facce di quegli uomini che hanno mangiato e bevuto, che hanno raggiunto l'unico scopo della loro vita quotidiana. L'emanazione della loro impurità mi ferisce così acutamente che io credo di venir meno. Mi raccolgo nella mia sedia, ritiro i gomiti per aumentare la distanza tra me e i miei vicini. Una voce grida, tra lo schiamazzo:

- Episcopo ha i dolori di ventre.

Un'altra grida:

- No; Episcopo è in sentimento. Non avete veduto che viso fa quando Ginevra gli muta il piatto?

Io tento di ridere. Alzo gli occhi, e incontro quelli di Ginevra fissi su di me con un'espressione ambigua.

Ella esce dalla stanza. Allora Filippo Doberti fa una proposta buffonesca.

- Cari miei, non c'è altro scioglimento che questo. Uno di noi la sposa... per conto degli altri.

Non dice precisamente così. Dice la parola brutale; indica l'atto, la funzione degli altri.

- Ai vóti! Ai vóti! Bisogna eleggere il marito.

Wanzer grida:

- Episcopo!

- Ditta Episcopo e C.

Lo schiamazzo cresce. Rientra Ginevra, che forse ha udito. Sorride, d'un sorriso calmo e sicuro, che la fa sembrare intangibile.

Wanzer grida:

- Episcopo, fa la tua domanda.

Due altri, con gravità studiata, si avanzano e domandano in mio nome a Ginevra la mano.

Ella risponde, con il solito sorriso:

- Ci penserò.

E di nuovo io incontro il suo sguardo. E non so veramente se si tratta di me, se si parla di me, se io sono quel tale Episcopo di cui si ride. E non riesco a imaginare l'espressione del mio viso...

Un sogno, un sogno. Tutto quel periodo della mia vita è come un sogno. È impossibile che voi possiate comprendere o imaginare qual senso io avessi del mio essere e qual conscienza degli atti che io andava compiendo. Rivivevo, in sogno, una parte di vita già vissuta; assistevo alla ripetizione inevitabile d'una serie di avvenimenti già avvenuti. Quando? Chi lo sa? Aggiungete che io non era sicuro di essere io. Spesso mi pareva come di avere smarrita la mia personalità; talvolta, di averne una artificiale. Che mistero, i nervi dell'uomo!

Abbrevio. Una sera, Ginevra si licenziò; disse che lasciava il servizio; che ci lasciava; disse che non si sentiva bene, che sarebbe andata a Tivoli, che sarebbe rimasta là qualche mese da sua sorella. Tutti, all'addio, le diedero la mano. Ella ripeteva a tutti, sorridendo:

- A rivederci! A rivederci!

E a me, ridendo:

- Noi siamo promessi, signor Episcopo. Se ne ricordi.

Fu quella la prima volta ch'io la toccai; e fu quella la prima volta ch'io la guardai negli occhi con l'intenzione di penetrarla. Ella rimase per me un segreto.

La sera dopo, il pranzo fu quasi tetro. Tutti parevano come delusi. Wanzer disse:

- E pure, l'idea di Doberti non era cattiva.

Alcuni, allora, si volsero a me e prolungarono stupidamente le derisioni.

La compagnia di quegli idioti mi diveniva insopportabile; ma io non cercai di allontanarmi. Seguitai a frequentar la casa dove, in mezzo alle ciarle e alle risa, potevo alimentare le mie imaginazioni oscure e dolci. Per molte settimane, tra le peggiori angustie materiali, tra le umiliazioni, le inquietudini e i terrori della mia vita schiava, io provai tutte le angosce dell'amore più delicate e più violente. A ventotto anni, mi si schiudeva nell'anima all'improvviso una specie di adolescenza tardiva, con tutti i languori, con tutte le tenerezze, con tutte le lacrime dell'adolescenza...

Ah, signore, imaginate questo miracolo in un essere come il mio, già vecchio, inaridito, disseccato fino al fondo. Imaginate un fiore impreveduto che spunti in cima a uno stecco.

Un altro avvenimento, straordinario, inaspettato, mi stupì e mi sconvolse. Già da alcuni giorni Wanzer mi pareva più duro, più irascibile del solito. Aveva passato le cinque o sei ultime notti in una bisca. Una mattina era salito nella mia stanza livido come un cadavere, s'era gittato su una sedia; due o tre volte aveva mostrato di voler parlare; poi, d'un tratto, rinunziando, se n'era uscito, senza rivolgermi neppure una parola, senza rispondermi, senza guardarmi.

In quel giorno medesimo, non lo vidi più. A pranzo non lo vidi. Il giorno seguente non lo vidi.

Eravamo a tavola, quando entrò un certo Questori, un collega di Wanzer; e disse:

- Non sapete? Wanzer è fuggito.

Da principio, non compresi bene o non credetti; ma il cuore mi saltò alla gola.

Alcuni domandarono:

- Che dici? Chi è fuggito?

- Wanzer, Giulio Wanzer.

Non so, veramente; quel che provai; ma certo quella mia prima agitazione in gran parte fu di gioia. Feci uno sforzo per contenermi. E udii allora tutti i risentimenti, tutti i rancori, tutti gli odii repressi erompere contro l'uomo che era stato il mio padrone.

- E tu? - mi gridò uno dei feroci. - E tu non parli? Non eri il domestico di Wanzer, tu? Non gli hai portate le valigie alla stazione?

Un altro mi disse:

- Sei stato marcato in fronte da un ladro. Farai carriera.

E un altro:

- Al servizio di chi ti metti, ora? Passi alla questura?

Così m'insultavano, per il piacere di farmi male, perché mi sapevano vile.

Mi alzai, me ne andai. Me ne andai per le strade, vagando, alla ventura: libero, libero, libero al fine!

Era una notte di marzo, tutta serena, quasi tiepida. Salii per le Quattro Fontane, voltai verso il Quirinale. Cercavo i luoghi larghi; volevo bere in un solo respiro una immensità d'aria, guardare le stelle, ascoltare il rumore dell'acqua, fare qualche cosa di poetico, sognare un avvenire. Continuamente ripetevo dentro di me: - Libero, libero; io sono un uomo libero. - Mi teneva una specie di ebrezza. Non potevo ancóra riflettere, raccogliere i miei pensieri, esaminare il mio stato. Mi venivano delle voglie puerili. Avrei voluto compiere mille atti in una volta per constatare la mia libertà. Passando d'innanzi a un caffè, mi giunse un'ondata di musica e mi rimescolò sino in fondo. Entrai a testa alta. Mi pareva di avere un'aria fiera. Ordinai del cognac; feci lasciare la bottiglia sul tavolo, ne bevvi due o tre bicchierini.

Si soffocava, in quel caffè. L'atto del levarmi il cappello mi rammentò la cicatrice, mi risvegliò nella memoria la frase crudele: - Sei marcato in fronte da un ladro. - Come mi pareva che tutti mi guardassero in fronte e notassero il segno, pensai: - Che crederanno? Crederanno forse che sia una ferita ricevuta in duello. - E io, che non mi sarei mai battuto, mi compiacqui in questo pensiero. Se qualcuno fosse venuto a sedersi accanto a me e avesse attaccato discorso, io certo avrei trovato il modo di raccontargli il duello. Ma non venne nessuno. Dopo qualche tempo, venne un signore a prendersi la sedia ch'era di contro a me, dall'altra parte del tavolo. Non mi guardò, non mi chiese il permesso; non badò, nel tirarla, se io ci poggiavo i piedi. Fu uno sgarbo; è vero?

Uscii, mi rimisi per le strade, alla ventura. L'ebrezza cadde, d'un tratto. Mi sentii profondamente infelice, senza sapere bene perché. A poco a poco, una inquietudine vaga spuntò da quello smarrimento; e l'inquietudine crebbe, si acuì, mi suggerì un pensiero: - Se egli fosse ancóra a Roma, nascosto? Se egli andasse in giro per le strade, travestito? Se m'aspettasse, davanti alla porta, per parlarmi? Se m'aspettasse, al buio, per le scale? - Ebbi paura; mi voltai due o tre volte indietro, per accertarmi di non essere seguìto; entrai in un altro caffè, come in un rifugio.

Tardi, assai tardi, mi risolsi ad avviarmi verso la mia casa. Tutte le apparenze, tutti i rumori m'erano causa di sbigottimento. Un uomo disteso sul marciapiedi, nell'ombra, mi diede la visione di un cadavere. - Ah, perché non si è ucciso? - pensai. - Perché non ha avuto il coraggio di uccidersi? E pure, era la sola cosa ch'egli doveva fare. - M'accorsi allora che la notizia della morte, meglio che quella della fuga, mi avrebbe pacificato.

Dormii poco e d'un sonno inquieto. Ma la mattina, a pena aperte le imposte, un senso di sollievo incominciò di nuovo a diffondermisi per tutto l'essere: un senso particolare, che voi non potete comprendere, perché non siete mai stato schiavo.

Ebbi, all'ufficio, minute informazioni su la fuga di Wanzer. Si trattava d'irregolarità gravissime e d'una sottrazione di valori alla Tesoreria centrale, dov'egli era impiegato da qualche anno. Era stato spiccato contro di lui un mandato di cattura, ma senza effetto. Qualcuno credeva di sapere ch'egli aveva potuto mettersi già in salvo.

Allora, sicuramente libero, io non vissi che pel mio amore, pel mio segreto. Mi pareva quasi di essere in convalescenza; avevo del mio corpo un senso più leggero, meno increscioso; avevo una facilità quasi infantile alle lacrime. Gli ultimi giorni di marzo, i primi giorni d'aprile ebbero per me dolcezze e tristezze il cui solo ricordo, ora che muoio, mi consola dell'esser nato.

Per quel solo ricordo, signore, io perdono alla madre di Ciro, alla donna che ci ha fatto tanto male. Voi non potete intendere, signore, che cosa sia, per un uomo indurito e pervertito dal patimento e dall'ingiustizia, la rivelazione della propria bontà nascosta, la scoperta d'una vena di tenerezza nell'intimo della propria sostanza. Voi non potete intendere; e forse neppur credere quel che dico. Ebbene, io lo dico. In certi momenti, Dio mi perdoni, io ho sentito in me qualcosa di Gesù. Io sono stato il più vile e il più buono degli uomini.

Via, lasciatemi piangere un poco. Vedete come scorrono le mie lacrime? In tanti anni di martirio ho imparato a piangere così, senza singhiozzi, senza sospiri, per non essere udito, per non affliggere la persona che mi amava, per non tediare la persona che mi faceva soffrire. Pochi, al mondo, sanno piangere così. Ebbene, signore, questo almeno mi sia contato, nella vostra memoria. Direte, quando sarò morto, che il povero Giovanni Episcopo seppe almeno piangere in silenzio, tutta la sua vita.

Come fu che quella mattina di domenica (domenica delle Palme) io mi trovai su la via di Tivoli, nel tramway? Veramente, ne ho un ricordo incerto. Fu un accesso di demenza? Fu l'atto di un sonnambulo? Veramente, non so.

Andai verso l'ignoto, mi lasciai trascinare dall'ignoto. Ancóra una volta, il senso della realtà mi sfuggiva. Mi pareva d'essere circondato come d'un'atmosfera particolare che m'isolasse dal mondo esterno. E questa mia sensazione era non soltanto visuale, ma cutanea. Io non so esprimermi. La campagna, per esempio, la campagna che attraversavo, mi pareva indefinitamente lontana, separata da me per un intervallo incalcolabile...

Come potreste voi rappresentarvi uno stato mentale così straordinario? Quanto io vi descrivo deve sembrarvi necessariamente assurdo, inammissibile, innaturale. Ebbene, pensate che io ho vissuto fino ad oggi in questi disordini, in questi disturbi, in queste alterazioni, quasi di continuo! Parestesie, disestesie... Mi hanno anche detto i nomi dei miei mali. Nessuno però mi ha potuto guarire. Sono rimasto per tutta la vita su l'orlo della pazzia, consapevole, come un uomo chinato su un abisso, aspettando da un minuto all'altro la vertigine estrema, la grande oscurità.

Voi che pensate? Perderò la ragione, prima di chiudere gli occhi? C'è qualche segno nella mia faccia, in quello che dico? Vi siete accorto di nulla? Rispondetemi sinceramente, caro signore; rispondetemi.

E se non dovessi morire! Se dovessi sopravvivere a lungo, in un manicomio, mentecatto!

No; vi confesso che non è questo il mio timore vero. Voi sapete... che essi vengono, la notte, ambedue. Una notte, sicuramente, Ciro si rincontrerà con l'altro: io lo so, lo prevedo. E... allora? - Lo scoppio della furia, la pazzia furiosa, nel buio... - Mio Dio, mio Dio! Questa sarà la mia fine?

Allucinazione, sì; niente altro. Dite bene. Oh, sì, sì, dite bene: basterà un lume perché io sia tranquillo, perché io dorma profondo; sì, sì, un lume, semplicemente un lume. Grazie, caro signore.

Dov'eravamo? - Ah, già, a Tivoli.

...Un lezzo acuto d'acque sulfuree; e poi da per tutto, intorno, olivi olivi, boschi di olivi; e in me la strana sensazione primitiva che si disperde a poco a poco quasi nel vento della corsa. Discendo. La gente è per le vie; le palme luccicano al sole: le campane suonano. Io so che la incontrerò.

- Oh! signor Episcopo! Come qua?

È la voce di Ginevra; è Ginevra, con le mani tese, davanti a me sconvolto.

- Perché tanto pallido? È stato male?

Ella mi guarda e sorride, aspettando che io riesca a parlare. È questa la donna che girava intorno alla tavola, nella stanza piena di fumo, sotto la luce del gas? è possibile che sia questa?

Io balbetto, in fine, qualche parola.

Ella insiste:

- Ma come qua? Che sorpresa!

- Qua per vederla.

- Dunque si ricorda che siamo promessi?

Ella ride e soggiunge:

- Ecco mia sorella. Venga con noi alla chiesa. Starà con noi, oggi; non è vero? Farà il fidanzato. Dica di sì.

È gaia, loquace, piena di cose impredute, piena di seduzioni nuove. È vestita semplicemente, senza pretesa, ma con grazia, quasi con eleganza. Mi domanda notizia degli amici.

- E quel Wanzer!

Ella ha saputo tutto da un giornale, per caso.

- Loro due erano molto amici. No?

Io non rispondo. Succede un breve silenzio; ed ella pare pensierosa. Entriamo nella chiesa fiorita di palme benedette. Ella s'inginocchia accanto alla sorella, ed apre un libro di preghiere. Io, di dietro, in piedi, le guardo il collo; e la scoperta di un piccolo segno bruno mi dà un fremito ineffabile. Nel momento medesimo, ella si volge un poco e mi manda dall'angolo dell'occhio una scintilla.

La memoria del passato è abolita, l'inquietudine del futuro è sopita. Non c'è che l'ora presente; non c'è su la terra, per me, che quella donna. Senza di lei, non è più possibile altro che morire.

Uscendo, senza parlare ella mi offre una palma. Io la guardo, senza parlare; e mi sembra che per quello sguardo ella abbia tutto compreso. C'incamminiamo verso la casa della sorella. Sono invitato a salire. Ginevra mi dice, andando verso un balcone:

- Venga, venga un poco qui, a godere il sole.

Siamo sul balcone, l'uno accanto all'altra. Il sole c'investe; il rombo delle campane ci passa sul capo. Ella dice piano, come parlando a sé stessa:

- Chi l'avrebbe mai pensato!

Il cuore mi si gonfia d'una tenerezza smisurata. Non reggo più. Le domando, con una voce irriconoscibile:

- Siamo dunque promessi?

Ella tace, per un poco. Poi risponde, piano, arrossendo a pena a pena, abbassando gli occhi:

- Vuole? Ebbene, sì, siamo.

Ci chiamano, di dentro. C'è il cognato; c'è qualche altro parente; ci sono le bambine. Io faccio, davvero, il fidanzato! A tavola, io e Ginevra siamo vicini. A un certo punto ci prendiamo le mani, sotto la tovaglia; e io credo di venir meno, tanto la voluttà mi pare acuta. Il cognato, la sorella, i parenti, di tratto in tratto, mi guardano con una curiosità mista di stupore.

- Ma come mai nessuno ne sapeva niente?

- Ma come mai tu, Ginevra, non ce ne avevi ancóra detto niente?

Sorridiamo, imbarazzati, confusi, stupiti anche noi di quel che va accadendo con la facilità e l'assurdità d'un sogno...

Sì, assurdo, incredibile, ridicolo; sopra tutto, ridicolo. Ma è accaduto, in questo mondo, tra un uomo e una donna di questo mondo, tra me Giovanni Episcopo e la vivente Ginevra Canale, così, per l'appunto come io ve l'ho raccontato.

Ah, signore, voi potete ridere, se volete. Non mi offenderò.

La farsa tragica... Dov'è che ho letto questo? - Veramente, nulla di più ridicolo, nulla di più ignobile e nulla di più atroce.

Io andai dalla madre, andai a casa della madre; in una vecchia casa di via Montanara, su per certe scale strette umide e sdrucciolevoli come quelle di una cisterna, dove trapelava da uno spiraglio una luce dubbia, verdognola, quasi sepolcrale: indimenticabile. Ho tutto nella memoria! Salendo, mi soffermavo quasi ad ogni gradino; perché mi pareva di perdere ad ogni momento l'equilibrio, come se posassi i piedi su un ghiaccio mobile. Più salivo e più quella scala in quella luce mi pareva fantastica, piena d'un mistero, d'un silenzio cupo, dove venivano a morire certe voci lontanissime, incomprensibili. A un tratto, udii aprire una porta con violenza, nel pianerottolo di sopra; e uno scoppio d'improperii urlati da una voce feminile risonò per tutta la scala; e poi la porta si richiuse con un gran colpo che fece tremare la casa da cima a fondo. Anch'io tremai, intimidito; e rimasi là, esitante. Un uomo scendeva a poco a poco, anzi pareva strisciasse lungo il muro come una cosa floscia. Brontolava e piagnucolava, sotto la falda d'un cappello biancastro; ma quando mi urtò, levò il capo. E io intravidi un paio di occhiali scuri, di quelli cerchiati da una rete, enormi, che sporgevano da una faccia rossastra come un pezzo di carne cruda.

L'uomo, credendo di riconoscere in me qualcuno, chiamò:

- Pietro!

E mi afferrò un braccio, mettendomi in viso il suo fiato vinoso. Ma s'accorse dello sbaglio e seguitò a discendere. Io allora ripresi a salire, macchinalmente; ed ero sicuro, non so perché, d'avere incontrato una persona della famiglia. Mi trovai davanti a una porta su cui lessi: "Emilia Canale, sensala al Monte di Pietà, autorizzata dalla R. Questura". Per fermare l'ambascia dell'esitazione, feci uno sforzo e tirai la corda; ma, senza volere, così forte che il campanello si mise a squillare furiosamente. Una voce irata rispose di dentro, la stessa voce degli improperii; la porta s'aprì; e io, in preda a una specie di pànico, senza vedere, senza aspettare altro, dissi ansando, mangiandomi le parole:

- Sono Episcopo, Giovanni Episcopo, l'impiegato... Sono venuto, come già sa... per sua figlia... come già sa... Mi scusi, mi scusi. Ho tirato troppo forte.

Ero davanti alla madre di Ginevra, a una donna ancóra bella e florida, alla sensala, che portava una collana d'oro, due grosse buccole d'oro, anelli d'oro in tutte le dita. E facevo timidamente una domanda di matrimonio, - vi ricordate? - la famosa domanda proposta da Filippo Doberti!

Ah, signore, voi potete ridere, se volete. Non mi offenderò.

Debbo raccontarvi tutto, minutamente, giorno per giorno, ora per ora? Volete tutte le piccole scene, tutti i piccoli fatti, tutta la vita mia di quel tempo, così bizzarra, così insensata, così comica e miserevole, fino al grande avvenimento? Volete ridere? Volete piangere? Io posso dirvi tutto. Leggo nel mio passato come in un libro aperto. Questa gran chiarezza viene in chi è prossimo alla sua fine.

Ma io mi stanco, sono debole. E voi, anche, dovete essere un poco stanco. È meglio abbreviare.

Abbrevio. Ottenni il consenso, facilmente.

La sensala pareva già informata del mio impiego, del mio stipendio, della mia condizione. Ella aveva una voce sonora, il gesto risoluto, uno sguardo maligno, quasi rapace, che certe volte diventava carezzevole, quasi lascivo, somigliando un poco a quello di Ginevra. Quando mi parlava, in piedi, mi si avvicinava troppo, mi toccava continuamente: ora mi dava una piccola spinta, ora mi tirava per un bottone dell'abito, ora mi scoteva un grano di polvere da una spalla, ora mi levava d'addosso un capello, un filo. Era per me una inquietudine di tutti i nervi, una tortura, quella manomessione continua da parte di quella donna che avevo veduta più di una volta alzare i pugni in viso al marito.

E il marito era proprio l'uomo della scala, l'uomo dagli occhiali verdi, un povero idiota.

Aveva fatto il tipografo, quest'uomo. Una malattia degli occhi gli impediva ora di lavorare. E viveva a carico della moglie, del figlio e della nuora, maltrattato da tutti, martoriato, come un intruso. Aveva il vizio del vino, l'abitudine della ubriachezza, la sete, la terribile sete. Nessuno, a casa sua, gli dava un soldo per bere; ma certo, per guadagnare un po' di denaro, egli doveva fare di nascosto, chi sa in quale strada, chi sa in quale bottega, chi sa per quale gente, un piccolo mestiere ignobile, un servizio basso e facile, alla giornata. Quando gli si presentava l'occasione, metteva le unghie su la roba di casa e correva a venderla, per poter bere, per potersi abbandonare alla sua passione irrefrenabile; e non lo tratteneva la paura degli improperii e delle percosse. Almeno una volta la settimana, la moglie lo scacciava, senza pietà. Per due o tre giorni, egli non aveva il coraggio di tornare, di battere alla porta. Dove andava? Dove dormiva? Come viveva?

Io gli piacqui, fin dal primo giorno, dal giorno che lo conobbi. Mentre ero seduto e sostenevo le ciarle della mia suocera futura, egli stava rivolto verso di me sorridente, con un sorriso continuo che gli faceva tremolare il labbro inferiore un po' pendente, ma che non traspariva da quella specie di gabbie in cui erano rinchiusi i due poveri occhi malati. Quando mi levai per andarmene, egli disse a bassa voce, con un timore manifesto:

- Vengo fuori anch'io.

Uscimmo insieme. Le gambe lo reggevano poco. Giù per le scale, vedendolo esitare e barcollare, io gli dissi:

- Volete appoggiarvi?

Egli accettò, s'appoggiò. Quando fummo su la strada, seguitò a tenere il suo braccio sotto il mio, benché io avessi tentato un movimento per liberarmene. Tacque per un tratto; ma di tanto in tanto si volgeva e mi metteva il viso così vicino che mi toccava con la falda del cappello. Sorrideva ancóra, accompagnando il sorriso con un suono particolare della gola per rompere il silenzio.

Mi ricordo: era su l'imbrunire; una sera dolcissima. La gente era per le strade. Due sonatori, flauto e chitarra, sonavano un'aria della Norma, davanti a un caffè. Mi ricordo: passò una vettura che portava un ferito accompagnato da due guardie.

Egli disse, alla fine, stringendomi il braccio:

- Sono contento; sai? Sono proprio contento. Che buon figliuolo devi essere tu! Ti voglio già bene; sai?

Disse queste cose con una specie di orgasmo, avendo un solo pensiero fisso, un solo desiderio, e peritandosi di esprimerlo. Poi si mise a ridere, come un melenso. Successe un altro intervallo. Di nuovo, disse:

- Sono contento.

Di nuovo, rise ma convulso. M'accorsi che un'agitazione nervosa lo scoteva e lo faceva soffrire. Come fummo davanti a una vetrata con le tendine rosse che splendevano illuminate da dentro, egli disse, all'improvviso, rapidamente:

- Beviamo un bicchiere, insieme?

E si fermò, e mi trattenne, davanti a quella porta, nel riflesso rossastro che macchiava il lastrico. Sentii che tremava; e la luce mi fece scorgere a traverso le lenti quei poveri occhi infiammati.

Io risposi:

- Entriamo pure.

Entrammo nell'osteria. C'erano pochi bevitori; giocavano a carte, in un gruppo. Ci mettemmo in un angolo. Canale ordinò:

- Un litro, rosso.

Pareva preso da una raucedine subitanea. Versò il vino nei bicchieri, tremando come un paralitico; bevve d'un fiato; mentre si succhiava le labbra, si versò altro vino. Poi rise, posando la bottiglia sul tavolo; e confessò ingenuamente:

- Da tre giorni, non avevo bevuto.

- Da tre giorni?

- Già; da tre giorni. Non ho soldi, io. A casa, nessuno mi dà un soldo. Capisci? Capisci? E non posso più lavorare, con questi occhi... Guarda, figlio mio.

Sollevò gli occhiali: e mi parve quasi che avesse sollevata una maschera, tanto mutò l'espressione del suo viso. Le palpebre erano ulcerate, gonfie, senza cigli, cariche di marcia, orribili; e in mezzo a quel rossore e a quel gonfiore si aprivano a stento due pupille lacrimose, infinitamente tristi, di quella tristezza profonda e incomprensibile che hanno nello sguardo le bestie quando soffrono. Un misto di ribrezzo e di pietà mi commosse, davanti a quella rivelazione. Domandai:

- Vi dolgono? Vi dolgono molto?

- Ah, figùrati, figlio mio. Gli aghi, gli aghi, le schegge di legno, i pezzi di vetro, gli spini velenosi... Se mi ci ficcassero tutto questo, non sarebbe nulla, in confronto, figlio mio.

Forse egli esagerò la sua sofferenza, perché si vide compassionato da me, compassionato da una creatura umana, chi sa dopo quanto tempo! Chi sa dopo quanto tempo, egli riudiva un accento pietoso! Esagerò, forse, per aumentare la mia compassione, per sentirsi una volta consolare da un uomo.

- Tanto vi dolgono?

- Tanto.

Egli si passò su le palpebre, piano piano, una specie di straccio che non aveva più né colore né forma. Poi riabbassò gli occhiali; e vuotò il secondo bicchiere, d'un fiato. Anch'io bevvi. Egli toccò la bottiglia, e disse:

- Non c'è altro, al mondo, figlio mio.

Io lo guardavo. Nulla in lui, veramente, nulla ricordava Ginevra: non una linea, non un'aria, non un gesto, nulla. Pensai:

- Non è il padre.

Egli bevve ancóra; ordinò altro vino; poi riprese a dire con un tono di voce che pareva un falsetto:

- Sono contento che tu sposi Ginevra. E anche tu puoi essere contento... Famiglia onesta, i Canale! Se non fossimo onesti... a quest'ora...

Alzando il bicchiere, ebbe un sorriso equivoco che mi inquietò. Poi riprese:

- Eh, Ginevra... Ginevra avrebbe potuto essere un tesoro per noi, se avessimo voluto. Capisci? A te queste cose si possono dire. Non una, non due, ma dieci, ma venti offerte... E che offerte, figlio mio!

Io sentivo d'essere diventato verde.

- Il principe Altini, per esempio... Da quanto tempo mi sta sopra! mi volle perfino al palazzo, una sera, qualche mese fa, prima che Ginevra se n'andasse a Tivoli. Capisci? Dava tremila lire sùbito; e apriva poi una casa per lei, eccetera eccetera... Ah, no, no. Emilia l'ha sempre detto: "Non conviene, non conviene. Abbiamo maritata la prima, mariteremo la seconda. Un impiegato, con una bella carriera, con un discreto stipendio... Lo troveremo. Vedi? Vedi? Sei venuto tu. Ti chiami Episcopo; è vero? Che nome! La signora Episcopo, dunque; la signora Episcopo...

S'era fatto loquace. Si mise a ridere.

- Come l'hai veduta? Come l'hai conosciuta? Lassù, e vero?, alla pensione. Racconta, racconta. Ti sto a sentire.

Entrò in quel punto un uomo con un aspetto ambiguo, ripugnante, tra di cameriere e di parrucchiere, pallido, con la faccia sparsa di pustole rossastre. Salutò Canale.

- Con salute, Battista!

Battista lo chiamò, gli offerse un bicchiere di vino.

- Bevete, Teodoro, alla salute nostra. Ecco qua il mio futuro genero, il fidanzato di Ginevra.

Lo sconosciuto, sorpreso, mormorò, guardandomi con certi occhi bianchicci che mi fecero rabbrividire come se avessi sentito su la pelle un contatto viscido e freddo; mormorò:

- Ah, dunque, il signore...

- Sì, sì, - interruppe il ciarlone - il signor Episcopo.

- Ah, il signor Episcopo. Tanto piacere... Mi congratulo... Io non aprii bocca. Ma Battista rideva, col mento sul petto, dandosi un'aria maliziosa. L'altro, dopo un poco, si accomiatò.

- Addio, Battista. Al bene di rivederla, signor Episcopo.

E mi porse la mano; e io gli diedi la mia mano.

Come colui si allontanò, Battista mi disse a bassa voce:

- Sai chi è? Teodoro, il... fido del marchese Aguti, del vecchio, che ha il palazzo qui accanto. È un anno che mi sta attorno per Ginevra. Capisci? Il vecchio la vuole, la vuole e la vuole; piange, strilla e pesta i piedi, come un bambino, perché la vuole. Il marchese Aguti, quello che si faceva legare al ferro del letto e si faceva frustare a sangue dalle sue donne... Abbiamo sentito noi gli urli, dalla nostra casa... Poi se ne occupò la Questura... Ah, ah, ah, povero Teodoro, com'è rimasto! Hai visto com'è rimasto? Non se l'aspettava, non se l'aspettava, povero Teodoro!

Egli seguitava a ridere stupidamente, davanti a me che morivo d'angoscia. D'un tratto si arrestò, e gittò un'imprecazione. Di sotto alla rete degli occhiali, gli colavano giù per le guance due rivi di lacrime impure.

- Ah questi occhi! Quando bevo, che spasimo!

E di nuovo sollevò quei terribili occhiali verdi; e di nuovo io vidi tutta intera quella faccia deformata, che pareva quasi spellata, rossa come il dietro di certe scimmie, sapete?, nei serragli. E vidi quelle due pupille dolorose in mezzo a quelle due piaghe. E vidi lui che si premeva su le palpebre quello straccio.

- Bisogna che io vada. È già ora, per me - dissi.

- Bene, andiamocene. Aspetta.

E si mise a cercare nelle sue tasche, come per metter fuori il denaro, buffonescamente. Io pagai; e ci alzammo, ed uscimmo. Egli mise di nuovo il suo braccio sotto il mio. Pareva che non mi volesse più lasciare, per quella sera. Ogni tanto, rideva come un mentecatto. E io sentii che gli tornava l'orgasmo di prima, l'agitazione, la smania interna come di chi vuol dire una cosa e non ardisce e si vergogna.

- Che bella sera! - disse; ed ebbe il medesimo riso convulso dell'altra volta.

D'un tratto, con lo stesso sforzo che fa un balbuziente quando s'impunta, a testa bassa, nascondendosi tutto sotto la falda del cappello, soggiunse:

- Dammi cinque lire. Te le renderò.

Ci soffermammo. Io gli misi le cinque lire nella mano che tremava forte. Immediatamente egli si volse, fuggì, si perse nell'ombra.

Ah, signore, che pietà! L'uomo divorato dal vizio, l'uomo che si dibatte nelle branche del vizio e si sente divorare e si vede perduto e non vuole, non può salvarsi... Che pietà, signore, che pietà! Conoscete voi qualche cosa di più profondo, di più attirante, di più oscuro? Dite, dite: che cosa, fra tutte le cose umane, è più triste del tremito che vi prende d'innanzi all'oggetto della vostra passione disperata? Che cosa è più triste delle mani che tremano, delle ginocchia che vacillano, delle labbra che si torcono, di tutto un essere che spasima nel bisogno implacabile d'una sola sensazione? Dite,

dite: che cosa è più triste su la terra? Che cosa?

E vedere da per tutto intorno a voi questo nemico, vederlo con una lucidità prodigiosa, scoprirne tutte le tracce, indovinarne tutte le corrosioni, le devastazioni nascoste. Vedere, intendete?, vedere in ciascun uomo la sofferenza, e comprendere, comprendere sempre, e avere una misericordia fraterna per ogni traviato, per ogni addolorato, e sentire nell'intimo della propria sostanza la voce di questa grande fraternità umana, e non considerare su la via nessun uomo come uno sconosciuto... Intendete? Potete voi intendere questo in me, in me che voi stimate pusillanime e abietto e quasi idiota?

No, voi non potete intendere. Pure, è così. C'è chi cammina in mezzo a un popolo come in mezzo a una foresta d'alberi tutti eguali, indifferente; ma c'è qualcuno, continuamente ansioso, che cerca in ogni volto la muta risposta a una muta domanda. Per costui non ci sono su la terra stranieri.

Ahimè, il suo cuore è per tutti, nessun cuore è per lui.

Lo so, lo so. Chi si cura di lui? Chi si cura della sua bontà e del suo amore? Ogni uomo alimenta in sé un sogno segreto che non è la bontà e non è l'amore, ma un desiderio sfrenato di piacere e d'egoismo. Lo so. Nessuna creatura umana ama un'altra creatura umana, è stata mai amata da un'altra creatura umana. Io non ho mai osato di confessare a me stesso l'orrenda verità, per paura di morirne.

Ebbene, signore, da quella sera io mi sentii legato a quel miserabile, io gli divenni amico. Perché? Per quale affinità misteriosa? Per quale antiveggenza istintiva? Forse per l'attrazione del suo vizio che incominciava a impadronirsi irresistibilmente anche di me? O per l'attrazione della sua infelicità senza speranza e senza scampo come la mia?

Dopo quella sera, lo rividi quasi ogni sera. Egli veniva a cercarmi dovunque; mi aspettava alla porta dell'ufficio; mi aspettava, di notte, su per le scale della mia casa. Non mi chiedeva nulla; né poteva egli far parlare i suoi occhi, perché erano coperti. Ma bastava che io lo guardassi, per capire. Egli sorrideva di quel suo solito sorriso melenso o convulso; e non chiedeva nulla, aspettando. Io non sapevo resistergli, non sapevo licenziarlo, umiliarlo, mostrargli un viso severo, rivolgergli una parola dura. - M'ero io dunque sottomesso a un'altra tirannia? Giulio Wanzer aveva dunque un successore? - Spesso io soffrivo della sua presenza, acutamente; e pure non facevo nulla per liberarmene. Egli aveva talvolta per me effusioni di amorevolezza ridicole e attristanti, che mi stringevano il cuore. Una volta mi disse raggrinzando la bocca come fanno i bambini quando vogliono cominciare a piangere:

- Perché non mi chiami papà?

Io sapevo ch'egli non era padre; sapevo che i figli di sua moglie non erano figli suoi. Forse, anch'egli sapeva questo. E io lo chiamavo papà, quando nessuno mi udiva, quando eravamo soli, quando egli aveva bisogno d'esser consolato. Spesso, per commuovermi, mi mostrava qualche lividura, il segno d'una percossa, con lo stesso atto dei mendicanti che mostrano la loro deformità o il loro male per strappare un'elemosina.

Scopersi, per caso, che certe sere egli si metteva nei punti meno illuminati su le vie, e chiedeva a bassa voce l'elemosina, abilmente, senza farsi scorgere, camminando per un tratto a fianco del passante. Una sera, su l'angolo del Foro Traiano, mi vidi avvicinato da un uomo che balbettava:

- Sono un operaio senza lavoro. Sono quasi cieco. Ho cinque figliuoli che non mangiano da quarantott'ore. Mi dia qualche cosa per comprare un pezzo di pane a quelle povere creature di Dio...

Riconobbi sùbito la voce. Ma egli nell'ombra, veramente quasi cieco, non mi riconobbe. E io m'allontanai rapidamente; fuggii, per paura d'essere riconosciuto.

Egli non aveva ripugnanza a nessuna bassezza, pur di soddisfare la sua sete atroce. Una volta, si trovava nella mia stanza; pareva inquieto. Io ero tornato allora dall'ufficio; e mi stavo lavando. Avevo posato sul letto la giacca e il panciotto; e avevo lasciato nel taschino del panciotto l'orologio, un piccolo orologio d'argento, un ricordo di mio padre morto. Mi stavo lavando, dietro un paravento. Sentivo Battista muoversi per la stanza in un modo insolito, come fosse inquieto. Gli chiesi:

- Che fate?

Rispose, troppo prontamente, con una voce un po' alterata:

- Nulla. Perché?

E venne sùbito dietro al paravento, con troppa premura.

Mi vestii. Uscimmo. A piè della scala, mi cercai l'orologio nel taschino per veder l'ora. Non lo trovai.

- Per Bacco! Ho lasciato l'orologio su in camera. Mi tocca risalire. Aspettatemi qui. Faccio in un momento.

Risalii; accesi una candela; cercai l'orologio da per tutto, senza riuscire a trovarlo. Dopo qualche minuto di ricerca inutile, udii la voce di Battista che chiedeva:

- Ebbene, l'hai trovato?

Egli era venuto su; s'era fermato su la soglia; vacillava un poco.

- No. È strano. E pure mi pareva d'averlo lasciato nel taschino. Voi non l'avete veduto?

- Non l'ho veduto.

- Proprio?

- Non l'ho veduto.

Mi balenava già il sospetto. Battista era rimasto su la soglia, in piedi, con le mani in tasca. Ricominciai a cercare, con impazienza, quasi con ira.

- È impossibile ch'io l'abbia smarrito. L'avevo, dianzi, prima di svestirmi; so che l'avevo. Qui dev'essere; si deve trovare.

Battista s'era mosso finalmente. Io mi voltai, all'improvviso; e gli lessi il peccato su la faccia. Mi cadde il cuore.

Egli balbettò, confuso:

- Qui dev'essere; si deve trovare.

E prese la candela, e si chinò a cercare intorno al letto; s'inginocchiò, barcollando; sollevò le coperte, guardò sotto il letto. Si affannava, ansava; e la candela gli sgocciolava su la mano malferma.

Quella commedia m'irritò. Gli gridai con asprezza:

- Basta! Alzatevi; non v'affannate tanto. So io dove bisognerebbe cercare...

Egli posò la candela sul pavimento; rimase un poco in ginocchio, tutto curvo, tremando come uno che sia sul punto di confessare un fallo. Ma non confessò. Si alzò a fatica, senza parlare. ancóra una volta, gli lessi il peccato su la faccia; e provai una fitta acuta. Pensai: "Certo, ha l'orologio in tasca. Bisogna costringerlo a confessare, a rendere la cosa rubata, a pentirsi. Bisogna ch'io lo veda piangere di pentimento". Ma non ebbi forza. Dissi:

- Andiamo.

Uscimmo. Per le scale, il colpevole mi veniva dietro, piano piano, reggendosi alla ringhiera. Che pietà! Che tristezza!

Quando fummo nella strada, mi domandò con un filo di voce:

- Dunque tu credi che l'abbia preso io?

- No, no - risposi. - Non ne parliamo più.

Soggiunsi, dopo un poco:

- Mi dispiace, perché era un ricordo di mio padre morto.

Notai in lui un piccolo moto represso, come un'intenzione di metter fuori qualche cosa dalla tasca. Ma non fu nulla. Seguitammo a camminare.

Dopo un poco, egli mi disse, quasi bruscamente:

- Mi vuoi frugare?

- No, no. Non ne parliamo più. Addio. Ora vi lascio, perché ho qualche faccenda stasera.

E lo lasciai, senza guardarlo. Che tristezza!

Nei giorni seguenti, non lo vidi. La sera del quinto giorno, mi si presentò a casa. Io feci, serio:

- Oh, siete voi?

E mi rimisi a scrivere certe carte d'ufficio, senz'altro. Dopo un intervallo di silenzio, egli osò chiedermi:

- L'hai ritrovato?

Io finsi di ridere; e seguitai a scrivere. Dopo un altro lungo intervallo, egli soggiunse:

- Io non l'ho preso.

- Sì, sì, va bene; lo so. Ci pensate ancóra?

Vedendo che io rimanevo seduto al tavolino, dopo un altro intervallo, disse:

- Buona sera!

- Buona sera, buona sera!

Lo lasciai andare così; non lo trattenni. Ma mi pentii; volli richiamarlo. Troppo tardi: si era già allontanato.

Per tre o quattro giorni ancóra, non si mostrò. Mentre stavo per rientrare a casa, sul tardi, poco prima della mezza notte, me lo trovai davanti, sotto un fanale. Piovigginava.

- Oh, siete voi? A quest'ora!

Non si reggeva in piedi; mi parve ubriaco. Ma, come lo guardai bene, m'accorsi ch'era in uno stato miserevole: coperto di fango come se si fosse avvoltolato in una pozzanghera, smunto, disfatto, con una faccia quasi violetta.

- Che v'è accaduto? Parlate.

Egli scoppiò in un gran pianto, e mi s'appressò come per cadermi fra le braccia; e così, da vicino, singhiozzava e cercava di raccontare fra i singhiozzi che lo soffocavano, fra le lacrime che gli colavano nella bocca.

Ah, signore, sotto quel fanale, in mezzo alla pioggia, che cosa terribile! Che cosa terribile, il singhiozzo di quell'uomo che non aveva mangiato da tre giorni!

Conoscete voi la fame? Avete mai guardato un uomo mezzo morto di fame, che si siede a una tavola e si porta alla bocca un pezzo di pane, un pezzo di carne, e mastica il primo boccone con i poveri denti indeboliti che vacillano nelle gengive? L'avete mai guardato? E non vi s'è strutto il cuore, di tristezza, di tenerezza?

Veramente, io non volevo parlarvi tanto di quel poveretto. Mi son lasciato trascinare; ho dimenticato tutto il resto: non so perché. Ma, veramente, quel poveretto è stato l'unico mio amico ed io sono stato l'unico amico suo, nella vita. Io l'ho veduto piangere ed egli ha veduto piangere me, più di una volta. Ed io ho rimirato il mio vizio nel suo vizio. Ed anche abbiamo avuto comune qualche patimento, abbiamo sofferta una stessa ingiuria, abbiamo portata una stessa vergogna.

Non era il padre di Ginevra, no; non aveva dato il suo sangue alle vene della creatura che mi ha fatto tanto male.

Io ho pensato sempre, con una curiosità inquieta e inappagabile, al padre vero, allo sconosciuto, all'innominato. Chi era mai? Non certo un plebeo. Alcune finezze fisiche, alcune movenze naturalmente eleganti, alcune crudeltà, alcune perfidie troppo complicate, e poi l'istinto del lusso, il disgusto facile, un modo particolarissimo di ferire e di straziare col riso, tutte queste cose ed altre rivelavano qualche goccia di sangue aristocratico. Chi era dunque il padre? Forse un vecchio osceno come il marchese Aguti? O forse un prete, uno di quei cardinali galanti che seminavano figli in tutte le case di Roma?

Ci ho pensato sempre. E qualche volta anche mi s'è presentata all'imaginazione una figura d'uomo, non vaga né mutevole, ma ben definita, con una fisonomia speciale, con un'espressione speciale, che pareva vivere d'una vita straordinariamente intensa.

Certo, Ginevra doveva sapere o almeno sentire di non avere alcuna comunanza di sangue col marito di sua madre. In fatti, io non ho mai potuto sorprendere negli occhi di lei, quando erano rivolti sul disgraziato, un lampo d'affetto o almeno di pietà.

In vece, l'indifferenza e spesso il ribrezzo, il disprezzo, l'avversione, anche l'odio, si mostravano negli occhi di lei, quando erano rivolti sul disgraziato.

Ah, quegli occhi! Dicevano tutto; dicevano troppe cose in un attimo, troppe cose diverse; e mi facevano smarrire. S'incontravano con i miei, per caso; e parevano d'acciaio, d'un acciaio lucido e impenetrabile. Ecco, a un tratto, si coprivano come d'un velo pallido, perdevano ogni acutezza. Pensate, signore, a una lama appannata da un alito...

Ma no, io non posso parlarvi del mio amore; non posso, non posso parlare del mio amore. Nessuno saprà mai quanto l'ho amata; nessuno. Ella non l'ha mai saputo; non lo sa. Io, io so ch'ella non mi ha mai amato neppure per un giorno, neppure per un'ora, neppure per un momento.

Sapevo questo fin da principio; sapevo questo anche quando ella mi guardava con gli occhi velati. Non m'illudevo. Le mie labbra non osarono mai proferire la domanda tenera, la domanda che ripetono tutti gli amanti: "Mi vuoi bene?" E mi ricordo che, standole vicino, sentendomi invadere dal desiderio, io pensai più d'una volta: "Oh, se potessi baciarle la faccia ed ella non s'accorgesse dei miei baci!"

No, no; io non posso parlarvi del mio amore. Vi dirò ancóra dei fatti, dei piccoli fatti ridicoli, delle piccole miserie, delle piccole vergogne.

Il matrimonio fu stabilito. Ginevra rimase ancóra a Tivoli per qualche settimana; e io andavo spesso a Tivoli, col tramway; mi trattenevo qualche mezza giornata, qualche ora. Mi piaceva ch'ella fosse lontana da Roma. La mia preoccupazione costante era che qualcuno dei miei compagni d'ufficio potesse giungere a scoprire il mio segreto. Usavo una quantità di cautele, di sotterfugi, di pretesti, di bugie, per nascondere quel che avevo fatto, quel che facevo, quel che stavo per fare. Non frequentavo più i luoghi soliti; rispondevo sempre evasivamente a qualunque domanda; mi salvavo in una bottega, in un portone, in una via traversa quando riconoscevo di lontano qualcuno degli antichi commensali.

Ma un giorno non potei salvarmi da Filippo Doberti. Costui mi raggiunse, mi fermò; anzi, meglio, mi abbrancò.

- Oh, Episcopo, quanto tempo è che non ci vediamo! Che hai fatto? Sei stato malato?

Io non riuscivo a vincere la mia agitazione irragionevole. Risposi, senza riflettere:

- Sì, sono stato malato.

- Si vede, sei verde. Ma ora, che vita fai? Dove pranzi? Dove passi la sera?

Risposi qualche altra bugia, evitando di guardarlo in viso.

- Si parlava di te, l'altra notte - egli riprese. - C'era Efrati che raccontava d'averti veduto, in via

Alessandrina, a braccetto con un ubriaco.

- Con un ubriaco? - feci io. - Ma Efrati sogna.

Doberti scoppiò in una risata.

- Ah, ah, ah! E ci diventi rosso? Sempre bella compagnia ti vai cercando, tu... A proposito, non hai notizie di Wanzer?

- No, non so nulla.

- Come! Non sai che è a Buenos-Ayres?

- Non so nulla.

- Ah, povero Episcopo! Addio; ti lascio. Cùrati, Cùrati, sai. Ti vedo molto giù, molto molto giù. Addio.

Voltò per un'altra strada, lasciandomi in un'agitazione che non riuscivo a reprimere. Tutte le parole di quella sera lontana in cui egli aveva parlato della bocca di Ginevra, tutte mi tornarono alla memoria, precise, vive. E mi tornarono alla memoria altre parole più crude, piu brutali. E rividi, nella stanza illuminata dal gas, la lunga tavola intorno a cui sedevano tutti quegli uomini già pasciuti, accesi dal vino, un poco intorpiditi, accomunati da una stessa preoccupazione oscena. E riudii le risa, lo schiamazzo, il mio nome gridato da Wanzer, acclamato dagli altri; e poi il motto atroce: "Ditta Episcopo e C.". E pensai che l'orribile cosa avrebbe potuto avverarsi...

Avverarsi! Avverarsi! - Ma è possibile dunque un'ignominia simile? È possibile che un uomo, almeno apparentemente non folle, non ebete, non mentecatto, si lasci trarre a un'ignominia simile?

Ginevra tornò a Roma. Il giorno del matrimonio fu stabilito.

Andammo in giro, con la sensala, dentro una botte, per cercare un piccolo appartamento, per comprare il letto nuziale, per comprare gli altri mobili necessarii, per tutti in somma i preparativi soliti. Io avevo ritirato un certo deposito di quindicimila lire, che era tutta la mia fortuna di orfano.

Andammo in giro, dunque, dentro una botte, per tutta Roma, trionfalmente: io rannicchiato sul predellino, e le due donne sedute davanti a me, con le ginocchia contro le mie ginocchia. Chi non c'incontrò? Chi non ci riconobbe? Più d'una volta io, benché tenessi la testa china, scorsi con la coda dell'occhio qualcuno che dal marciapiede gestiva verso di noi. Ginevra si rallegrava sporgendosi, volgendosi, dicendo ogni volta:

- Guarda Questori! Guarda Micheli! Guarda Palumbo, con Doberti!

La botte era una berlina.

E la notizia si sparse. Fu, per i miei compagni d'ufficio, per gli antichi commensali, per tutti i conoscenti, una baldoria senza fine. Io leggevo in tutti gli sguardi l'ironia, l'irrisione, l'ilarità maligna, qualche volta anche una specie di compassione insultante. Nessuno mi risparmiava la sua puntura; e io, tanto per fare qualche cosa, ad ogni puntura sorridevo con una contrazione sempre eguale, come un automa impeccabile. Che altra cosa avrei dovuto fare? Offendermi? Adirarmi? Inferocirmi? Abbandonarmi alle violenze? Dare qualche schiaffo? Scagliare qualche calamaio? Brandire una sedia? Battermi in duello? - Ma tutte queste altre cose non sarebbero state anche ridicole, signore?

Un giorno, nell'ufficio, due "giovani di spirito" simularono un interrogatorio. Il dialogo era tra un giudice e Giovanni Episcopo. Alla domanda del giudice: "Di professione?", Giovanni Episcopo rispondeva: "Uomo a cui si manca di rispetto."

Un altro giorno mi giunsero all'orecchio queste parole:

- Non ha sangue nelle vene; non ha una goccia di sangue. Quel poco che aveva, glielo cavò dalla fronte Giulio Wanzer. Proprio, si vede che non gliene è rimasta una goccia...

Era vero, era vero.

Ma come fu che io mi risolsi, d'un tratto, a scrivere una lettera a Ginevra per sciogliermi dalla promessa? Sì, io scrissi una lettera a Ginevra, per sconcludere il matrimonio; io, io la scrissi, con questa mano! E la portai alla Posta io stesso.

Era di sera: mi ricordo. Passai più volte davanti alla Posta, agitato come un uomo che sia sul punto di risolversi al suicidio. Mi fermai finalmente, e misi nella buca la lettera; ma mi parve di non poter disgiungere le dita. Rimasi molto tempo in quell'attitudine? Non so. Una guardia mi toccò una spalla, chiedendomi:

- Che fa?

Io apersi le dita; lasciai cadere la lettera. E per poco non venni meno, tra le braccia della guardia!

- Mi dica, - balbettai, quasi piagnucolando - come potrei fare per riaverla?

E la notte, le angosce della notte! E, la mattina dopo, la visita alla casa nuova, alla casa coniugale già pronta per ricevere gli sposi e a un tratto diventata inutile, diventata una casa morta! - Oh quel sole, quelle strisce di sole, quasi taglienti, su tutta quella roba nuova, lucida, intatta, che mandava un odore di magazzino, un odore insopportabile!...

Nel pomeriggio, alle cinque, uscendo dall'ufficio, trovai su la strada Battista che mi disse:

- Ti vogliono, a casa, sùbito.

Ci avviammo. Io tremavo, come un malfattore catturato. A un certo punto domandai, per prepararmi:

- Che vorranno?

Battista non sapeva nulla. Alzò le spalle. Quando giungemmo alla porta, mi lasciò. Salii le scale a poco a poco, pentendomi di aver obbedito, pensando con una paura folle alle mani della sensala, a quelle terribili mani. E quando alzai gli occhi al pianerottolo e vidi l'uscio aperto e su la soglia la sensala già pronta a slanciarsi, dissi sùbito:

- È stato uno scherzo; è stato uno scherzo.

E, una settimana dopo, il matrimonio fu celebrato. I miei testimoni furono Enrico Efrati e Filippo

Doberti. E Ginevra e la madre vollero che fossero invitati al pranzo i miei colleghi nel maggior numero possibile, per abbagliare la plebe di via Montanara e dei dintorni. Tutti i commensali della pensione, credo, erano presenti.

Ho un ricordo confuso, vago, interrotto, della cerimonia, della festa, di quella folla, di quelle voci, di quel rumore. Mi parve, a un certo punto, che passasse su quella tavola qualche cosa di simile al soffio ardente e impuro che passava un tempo su l'altra tavola. Ginevra era tutt'accesa in viso e aveva gli occhi straordinariamente lucidi. Molti altri occhi, d'intorno, luccicavano; molti sorrisi luccicavano.

Ho il ricordo come d'una tristezza pesante che mi piombò sopra, mi occupò e mi ottuse la conscienza. E vedo ancóra, laggiù, in fondo alla tavola, molto in fondo, in una lontananza incredibile, quel povero Battista che beve, che beve, che beve...

Almeno una settimana! Non dico un anno, un mese; ma una settimana: almeno la prima settimana! - No, nulla; senza misericordia. Ella non aspettò neppure un giorno; cominciò sùbito, nella stessa notte delle nozze, a incrudelire.

Se vivessi un secolo, non potrei dimenticare quello scoppio di risa inaspettato che mi agghiacciò nel buio della stanza, e umiliò la mia timidezza e la mia goffaggine. Io non vedevo la sua faccia, nel buio; ma sentii per la prima volta tutta la sua malvagità in quella risata acre, beffarda, impudica, non mai udita, irriconoscibile. Sentii che accanto a me respirava una creatura velenosa.

Ah, signore, ella aveva il riso nei denti come le vipere hanno il veleno.

Nulla, nulla valse a impietosirla: non la mia muta sommessione, non la mia muta adorazione, non il mio dolore, non il mio pianto; nulla. Tutto io tentai per toccarle il cuore, e inutilmente. Ella mi ascoltava, certe volte, seria, con gli occhi gravi, come sul punto di comprendere; e, d'un tratto, si metteva a ridere, di quel riso spaventevole, di quel riso inumano che le luccicava più nei denti che negli occhi. E io rimanevo là annientato...

No, no, non è possibile. Lasciate, signore, che io taccia; lasciatemi passar oltre. Non posso parlarvi di lei. È come se voi mi costringeste a masticare una cosa amara, d'un'amarezza mortale, insopportabile. Non vedete che mi si torce la bocca, mentre parlo?

Una sera (circa due mesi dopo gli sponsali), me presente, ella ebbe un disturbo, una specie di deliquio... Voi sapete; - la solita scena... E io, che aspettavo in segreto, tremando, quella rivelazione, quell'indizio, quel compimento d'un vòto supremo, quell'immensa gioia nella mia sciagura, io caddi in ginocchio come davanti a un miracolo. - Era vero? Era vero? - Sì, ella me lo disse, me lo confermò. Ella aveva dentro di sé un'altra vita.

Voi non potete comprendere. Anche se foste padre, non potreste comprendere il sentimento straordinario che allora s'impadronì di tutta la mia anima. Pensate, signore, pensate a un uomo che ha patito tutto ciò che sotto il cielo si può patire, a un uomo su cui tutta la ferocia degli altri uomini s'è accanita senza mai tregua, a un uomo che non è mai stato amato da nessuno e che pure ha in fondo a sé tesori di tenerezza e di bontà, tesori da spandere, inesauribili; pensate, signore, alla speranza di quest'uomo che aspetta una creatura del suo sangue, un figliuolo, un piccolo essere delicato e dolce, oh infinitamente dolce, dal quale egli potrà farsi amare... potrà farsi amare... comprendete?... farsi amare!

Era di settembre: mi ricordo. Erano di quelle giornate calme, dorate, un poco meste, - voi sapete bene - quando muore l'estate. Io sognavo sempre sempre di lui, di Ciro, indicibilmente.

Una domenica, al Pincio, incontrammo Doberti e Questori. Ambedue fecero molte feste a Ginevra; si unirono a noi, per passeggiare. Ginevra e Doberti andarono avanti, io e l'altro rimanemmo indietro. Ma quei due davanti, ad ogni passo, pareva che mi calpestassero il cuore. Parlavano molto, ridevano insieme; e la gente si voltava a guardarli. Le parole mi giungevano indistinte, tra le ondate della musica, benché tendessi l'orecchio per afferrarne qualcuna. La mia pena era tanto visibile che Questori richiamò la coppia dicendo:

- Piano, piano! Non v'allontanate troppo. C'è Episcopo, qui, che ora scoppia di gelosia.

Scherzarono, mi burlarono. Doberti e Ginevra seguitarono ad andare avanti, a ridere e a parlare, tra la musica fragorosa che forse li esaltava e li inebriava, mentre io mi sentivo così infelice che, camminando lungo il parapetto, ebbi il pensiero folle di precipitarmi giù, all'improvviso, per troncare immediatamente quella sofferenza. Anche Questori, a un certo punto, tacque. M'accorsi ch'egli seguiva con uno sguardo attento la figura di Ginevra, e che il desiderio lo turbava. Altri uomini, venendo incontro, si volsero due o tre volte a guardarla; e avevano negli occhi lo stesso baleno. Sempre così, sempre così, quando ella passava tra la gente, quasi in un solco d'impurità. Mi parve che tutta l'aria intorno fosse contaminata da quella impurità; mi parve che tutti desiderassero quella donna, e credessero facile ottenerla, e avessero fissa nel cervello una sola imagine oscena. Le ondate della musica si allargavano in una luce densa; tutte le foglie degli alberi luccicavano; le ruote delle carrozze, ai miei orecchi, facevano un rumore assordante. E in mezzo a quella luce, a quel suono, a quella folla, in mezzo a quello spettacolo confuso, vedendo davanti a me quella donna che si lasciava prendere a poco a poco da quell'uomo, sentendo da per tutto intorno a me l'impurità, io pensai con una terribile angoscia, con uno spasimo di tutte quante le mie più tènere fibre, alla piccola creatura che incominciava a vivere, al piccolo essere informe che pativa forse in quel momento le contrazioni della matrice ove incominciava a vivere...

Mio Dio, mio Dio, come quel pensiero mi fece soffrire! Quante volte quel pensiero mi straziò prima ch'egli nascesse! Comprendete? Il pensiero della contaminazione... Comprendete? Non tanto l'infedeltà, la colpa mi affliggeva per me, quanto per il figliuolo non ancóra nato. Mi pareva che qualche cosa di quell'onta, di quella bruttura gli si dovesse attaccare, lo dovesse macchiare. Comprendete il mio orrore?

E un giorno io ebbi un coraggio inaudito. Un giorno, in cui il sospetto era più tormentoso, ebbi il coraggio di parlare.

Ginevra stava alla finestra. Mi ricordo: era l'Ognissanti; sonavano le campane; il sole batteva sul davanzale. Il sole, veramente, è la cosa più triste dell'universo. Non vi sembra? Il sole mi ha fatto sempre dolere il cuore. In tutti i miei ricordi più dolorosi c'è un po' di sole, qualche riga gialla, come intorno alle coltri mortuarie. Quando ero bambino, una volta, mi lasciarono per alcuni minuti nella stanza dove il cadavere d'una mia sorella giaceva esposto sul letto, tra corone di fiori. Mi pare ancóra di vederlo, quel povero viso bianco tutto incavato d'ombre turchinicce, al quale doveva poi tanto somigliare negli ultimi momenti il viso di Ciro...

Ah, che dicevo? Mia sorella, già, mia sorella giaceva sul letto, tra i fiori. Bene; dicevo questo. Ma perché? Lasciatemi pensare un poco... Ah, ecco: io m'accostai alla finestra, sbigottito; a una piccola finestra che stava su un cortile. La casa di contro pareva disabitata; non si udivano voci umane; tutto era tranquillo. Ma sul tetto una gran moltitudine di passeri faceva un cinguettìo accorante, continuo, senza fine; e sotto il tetto, sotto la grondaia, sul muro grigio, nell'ombra grigia, una striscia di sole, una riga gialla, diritta, acutissima, splendeva sinistramente, con una intensità incredibile. Io non osavo più voltarmi, e guardavo fisso la riga gialla, come preso da una fascinazione; e sentivo dietro di me (comprendete?) mentre i miei orecchi erano pieni di quell'immenso cinguettìo, sentivo dietro di me il silenzio spaventevole della stanza, quel silenzio freddo che è intorno ai cadaveri...

Ah, signore, quante volte nella vita ho riveduto la tragica striscia di sole! Quante volte!

Ebbene, a proposito di che? Era Ginevra, dunque, che stava alla finestra; le campane sonavano; il sole entrava nella stanza. C'era anche, sopra una sedia, una corona di semprevivi con un nastro nero, che Ginevra e la madre dovevano portare al Campo Verano, per una tomba di parenti... - Che memoria! - voi pensate. Sì, ora ho una memoria terribile.

Ascoltatemi. Ella mangiava un frutto, con quella sensualità provocante ch'ella metteva in tutti i suoi atti. Non badava a me, non s'accorgeva di me che la guardavo. E mai quella sua noncuranza profonda mi aveva afflitto come in quel giorno; mai avevo compreso con tanta chiarezza che ella non mi apparteneva, che ella poteva esser di tutti, che ella anzi sarebbe stata di tutti, inevitabilmente, e che io non avrei mai saputo far valere nessun diritto d'amore, nessun diritto di forza. E la guardavo, e la guardavo.

Non vi accade mai, guardando a lungo una donna, di smarrire d'un tratto ogni nozione della sua umanità, del suo stato sociale, dei legami sentimentali che vi avvincono a lei e di vedere, con una evidenza che vi atterrisce, la bestia, la femmina, l'aperta brutalità del sesso?

Questo io vidi, guardandola; e compresi ch'ella non era atta che a un'opera carnale, a una funzione ignobile. E un'altra orrenda verità mi si presentò allo spirito: - Il fondo dell'esistenza umana, il fondo di tutte le preoccupazioni umane è una laidezza. - Orrenda, orrenda verità!

Ebbene, che cosa poteva io fare? Nulla. Ma quella donna portava nel suo ventre un'altra vita, nutriva del suo sangue la creatura misteriosa che era il mio sogno continuo e la mia suprema speranza e la mia adorazione...

Sì, sì, prima ch'egli vedesse la luce, io l'adorai, io piansi per lui di tenerezza, io gli dissi nel mio cuore le parole indicibili. Pensate, pensate, signore, a questo martirio: - non poter disgiungere da un'imagine ignominiosa un'imagine innocente; sapere che l'oggetto della vostra adorazione ideale è legato a un essere di cui temete le infamie. Che proverebbe un fanatico se dovesse vedere sul suo altare il Sacramento coperto d'un cencio immondo? Che proverebbe se non potesse baciare la cosa divina in altro modo che a traverso un velo bruttato? Che proverebbe?

Io non mi so esprimere. Le nostre parole, i nostri atti sono sempre volgari, stupidi, insignificanti, qualunque sia la grandezza dei sentimenti da cui derivano. Io avevo dentro di me, quel giorno, una immensità di cose dolorose, soffocate, che si mescolavano; e tutto si risolse in un piccolo dialogo cinico, in una ridicolaggine e in una viltà. Volete il fatto? Volete il dialogo? Eccoli.

Ella, dunque, stava alla finestra; e io mi accostai. Rimasi un poco in silenzio. Poi, con uno sforzo enorme, le presi una mano e le chiesi:

- Ginevra, mi hai già ingannato?

Ella mi guardò, stupita; e fece:

- Ingannato? Come?

Io le chiesi:

- Hai già un amante? Forse... Doberti?

Ella mi guardò, ancóra, perché io tremavo tutto, orribilmente.

- Ma che scena è questa? Ma che cosa ti prende, ora? Impazzisci?

- Rispondimi, Ginevra.

- Impazzisci?

E mentre io cercavo di prenderle ancóra le mani, ella mi gridò, sottraendosi:

- Non m'annoiare. Basta!

Ma io, come un forsennato, mi gittai in ginocchio, la trattenni per un lembo della veste.

- Ti prego, ti prego, Ginevra! Abbi pietà, un poco di pietà! Aspetta almeno che nasca... la povera creatura... il mio povero figliuolo... Mio; è vero? Aspetta che nasca. Dopo, farai tutto quello che vorrai; e io tacerò, e io soffrirò tutto. Quando verranno i tuoi amanti, io me n'andrò. Se tu me lo comanderai, mi metterò a pulire le loro scarpe, nell'altra stanza... Sarò il tuo servo, sarò il loro servo; tutto soffrirò. Ma aspetta, aspetta! Ma dammi prima il mio figliuolo! Abbi pietà...

Nulla, nulla! Nel suo sguardo non c'era che una curiosità quasi ilare. Ella indietreggiava, ripetendo:

- Impazzisci?

Poi, come io seguitavo a supplicare, ella mi voltò le spalle, uscì, chiuse l'uscio dietro di sé; mi lasciò là, in ginocchio sul pavimento.

C'era il sole, sul pavimento; e c'era quella corona mortuaria, su quella sedia, e il mio singhiozzo non mutava nessuna cosa...

Che cosa possiamo mutare noi? Pesano forse le nostre lacrime? - Ciascun uomo è uno qualunque, a cui accade una cosa qualunque. Ecco tutto; non c'è altro. Amen.

Siamo stanchi, mio caro signore: io, di raccontare; voi, di ascoltare. In fondo, io ho un po' divagato. Ho divagato un po' troppo, forse; perché, voi sapete bene, non si tratta di questo. Il punto è un altro. Ci sono dieci anni ancóra, per arrivare al punto: - dieci anni, dieci secoli di dolori, di miserie, di vergogne.

E pure, tutto era ancóra rimediabile. Sì, quella notte, quando udii gli urli della partoriente, urli non umani, irriconoscibili, urli di bestia al macello, io pensai, con una convulsione di tutto il mio essere: - S'ella morisse, oh s'ella morisse lasciandomi la creatura viva! - Urlava ella così orribilmente ch'io pensai: - Chi urla così, non può non morire. - Ebbi questo pensiero; ebbene, sì, ebbi questa speranza. Ma ella non morì; ella rimase, per la dannazione mia e del mio figliuolo.

Mio, era veramente mio, del mio sangue. Aveva su la spalla sinistra la stessa macchia particolare che io ho fin dalla nascita. Dio sia benedetto per quella macchia che mi fece riconoscere il mio figliuolo!

Ora, vi racconterò io il nostro martirio di dieci anni? Vi dirò ancóra tutto? No, è impossibile. Non arriverei alla fine. E poi, forse, voi non mi credereste; perché quel che noi abbiamo sofferto è incredibile.

Ecco, in poche parole, i fatti. La mia casa diventò un lupanare. Certe volte io m'incontravo, su la mia porta, con uomini sconosciuti. Io non giunsi a fare quel che avevo detto, non mi misi a pulire le loro scarpe nella stanza vicina; ma nella mia casa non altro fui che una specie di basso servitore. Battista era meno infelice di me; Battista era meno umiliato. Nessuna umiliazione umana potrà mai essere paragonata alla mia. Gesù avrebbe pianto su me tutte le sue lacrime; perché io, tra tutti gli uomini, ho toccato il fondo, l'ultimo fondo dell'umiliazione. Battista, voi m'intendete, il miserabile, poteva aver pietà del mio stato.

E non fu nulla, nei primi anni, quando Ciro non comprendeva ancóra. Ma quando m'accorsi che la sua intelligenza si svegliava, quando m'accorsi che in quell'essere debole e fragile l'intelligenza si sviluppava con una rapidità prodigiosa, quando udii dalle sue labbra la prima domanda crudele, oh allora io mi vidi perduto.

Come fare? Come nascondergli la verità? Come salvarmi? Io mi vidi perduto.

La madre non ne aveva cura; lo dimenticava per giornate intere; qualche volta, gli faceva mancare il necessario; lo batteva anche, qualche volta. E io per lunghe ore dovevo starne lontano; io non potevo coprirlo continuamente con la mia tenerezza; non potevo rendergli dolce la vita, come avevo sognato, come avrei voluto. La povera creatura passava quasi tutto il suo tempo in compagnia di una serva, nella cucina.

Io lo misi in una scuola. La mattina, lo accompagnavo io stesso; nel pomeriggio, alle cinque, andavo a riprenderlo; e non lo lasciavo più, finché non s'era addormentato. In breve seppe leggere, scrivere; superò tutti i suoi compagni; fece progressi straordinarii. Aveva l'intelligenza negli occhi. Quando mi guardava con quei larghi occhi neri, che gli illuminavano la faccia, profondi e malinconici, io provavo qualche volta dentro di me una specie d'inquietudine; e non sostenevo a lungo lo sguardo. Oh, la sera, a tavola, qualche volta, quando c'era la madre e su noi tre piombava il silenzio... Tutta la mia angoscia muta si rifletteva in quegli occhi puri.

Ma i giorni veramente terribili dovevano ancóra venire. La mia vergogna era troppo divulgata, lo scandalo era troppo grave, la signora Episcopo era troppo famosa. Inoltre, io trascuravo i miei doveri d'ufficio; commettevo errori frequenti nelle carte; certi giorni, il polso mi tremava così forte che non potevo scrivere. Io ero ritenuto dai miei colleghi e dai miei superiori come un uomo disonorato, degradato, abbrutito, inebetito, vilissimo. Ebbi due o tre ammonizioni; poi fui sospeso dall'impiego; poi fui destituito, in nome della moralità oltraggiata.

Fino a quel giorno, io avevo almeno rappresentato il valore del mio stipendio. Da quel giorno, io non valsi nemmeno quanto un cencio, quanto la buccia che si trova per la strada. Nulla può darvi un'idea della ferocia, dell'accanimento che mia moglie e mia suocera dimostrarono nel torturarmi. E pure, mi avevano tolte quelle poche migliaia di lire che mi rimanevano; e la sensala aveva aperta una bottega di merceria, a mie spese; e con quel piccolo commercio la famiglia poteva ancóra vivere.

Fui considerato come un mangiapane odioso; fui messo a paro con Battista. Anch'io, qualche notte, trovai chiusa la porta di casa; anch'io patii la fame. E m'adattai a tutti i mestieri, a tutte le fatiche, a tutti i servizi più vili e più minuti; per strappare un soldo, mi diedi attorno dalla mattina alla sera;

feci lo scritturale, feci il galoppino, feci il suggeritore in una compagnia d'operette, feci l'usciere nell'ufficio di un giornale, feci il commesso in un'agenzia di collocamento, feci tutto ciò che mi capitò di fare, mi strisciai ad ogni specie di persone, raccolsi ogni specie di untume, piegai il collo a tutti i gioghi.

Ora, ditemi: dopo tutto questo travaglio, nelle giornate interminabili, non meritavo qualche piccola tregua, un poco di oblio? La sera, quando potevo, a pena Ciro aveva chiuso gli occhi, uscivo. M'aspettava Battista, nella strada. E andavamo insieme in una cantina, a bere.

Che tregua? Che oblio? Chi ha mai saputo il significato di queste parole: "affogare la tristezza nel vino"? Ah, signore, io ho sempre bevuto perché mi son sentito sempre riardere da una sete inestinguibile; ma il vino non mi ha mai dato un attimo di gioia. Sedevamo l'uno in contro all'altro, e non avevamo voglia di parlare. Nessuno, veramente, parlava là dentro. Siete mai entrato in una di queste cantine silenziose? I bevitori sono solitarii, hanno la faccia stanca, si reggono una tempia con la palma della mano; e d'innanzi a loro sta il bicchiere, e i loro occhi fissano il bicchiere ma forse non lo vedono. È vino? È sangue? Sì, signore: l'una e l'altra cosa.

Battista era diventato quasi cieco. Una notte, mentre camminavamo insieme, si soffermò sotto un fanale; e, palpandosi il ventre, mi disse:

- Vedi com'è gonfio?

Poi, prendendomi una mano per farmi sentire la durezza di quel gonfiore, mi disse con una voce alterata dalla paura:

- Che sarà?

Da molte settimane si trovava in quello stato, e non aveva rivelato il suo male. Alcuni giorni dopo, io lo condussi all'ospedale per farlo visitare dai dottori. Si trattava d'un tumore, anzi d'un gruppo di tumori che crescevano rapidamente. Si poteva tentare un'operazione. Ma Battista non volle, quantunque non rassegnato a morire.

Egli trascinò il suo male, ancóra per qualche mese; poi fu costretto a mettersi in letto; e non si levò più.

Che lungo e che atroce morire! La sensala aveva chiuso il disgraziato in una specie di ripostiglio, in un bugigattolo oscuro e soffocante, remoto, per non udire i lagni. E io tutti i giorni entravo là dentro; e Ciro voleva venire con me, voleva aiutarmi... Ah, se lo aveste veduto, il mio povero bambino! Com'era coraggioso, in quell'opera di carità, a fianco del padre!

Accendevo un pezzo di candela, per vederci un po' meglio; e Ciro mi faceva lume. E scoprivamo allora quel gran corpo deforme che gemeva, che non voleva morire. No, non era un uomo invaso da una malattia; era piuttosto, come esprimermi?, era piuttosto, non so, una figura di malattia, una cosa fuor di natura, un essere mostruoso, vivente di per sé, a cui stavano congiunte due misere braccia umane, due misere gambe umane e una piccola testa scarna, rossiccia, ributtante. Orribile! Orribile! - E Ciro mi faceva lume; e in quella pelle tesa, lucente come un marmo giallognolo, io iniettavo la morfina con una siringa arrugginita.

Ma basta, basta. Sia pace a quella povera anima. Si tratta, ora, di venire al punto. Non bisogna più divagare.

Il destino! - Erano passati dieci anni, dieci anni di vita disperata, dieci secoli d'inferno. E una sera, a tavola, in presenza di Ciro, Ginevra mi disse inaspettatamente:

- Sai? E tornato Wanzer.

Io non impallidii, certo: perché, vedete, da molto tempo ho la faccia di questo colore, immutabile, che neanche la morte muterà, che porterò così, tale e quale, sotto terra. Ma mi ricordo che non mi riuscì di muovere la lingua per proferire una parola.

Ella mi fissava con quello sguardo acuto, anzi tagliente, che mi dava sempre la stessa apprensione che la vista di un'arme affilata dà al pusillanime. M'accorsi ch'ella mi guardava la fronte, la cicatrice. Sorrideva d'un sorriso irritante, intollerabile. E mi disse, accennando allo sfregio, sapendo di farmi male:

- Te ne sei dimenticato, di Wanzer? E pure, ti ha lasciato in fronte un bel ricordo...

Allora, anche gli occhi di Ciro si fissarono su la mia cicatrice. E io gli lessi in volto le domande ch'egli avrebbe voluto rivolgermi. Avrebbe voluto chiedermi:

- Come? Non mi raccontasti una volta che t'eri ferito cadendo? Perché mentisti? E chi è quest'uomo che t'ha sfregiato?

Ma riabbassò gli occhi, e tacque.

Ginevra riprese:

- L'ho incontrato stamani. M'ha riconosciuta sùbito. Io, da principio, non lo riconoscevo, perché s'è fatta crescere tutta la barba. Non sapeva nulla di noi. M'ha detto che ti va cercando da tre o quattro giorni. Ti vuol rivedere, l'amico. Deve aver fatto fortuna in America, almeno a giudicarne dall'apparenza...

Parlando, ella continuava a tenermi gli occhi addosso e continuava a sorridere inesplicabilmente. Ciro di tratto in tratto mi gittava uno sguardo; ed io sentivo che egli mi sentiva soffrire.

Dopo una pausa, Ginevra soggiunse:

- Verrà qui stasera, fra poco.

Fuori, pioveva forte. E mi parve che quel continuo romore monotono non venisse di fuori ma si producesse dentro di me, come se io avessi inghiottito una gran quantità di chinino. E persi, d'un tratto, il senso della realtà; e fui circondato da quell'atmosfera isolante di cui vi ho già discorso una volta, e riebbi profondissimo il sentimento dell'anteriorità di ciò che accadeva e stava per accadere. Mi comprendete? Credevo ancóra di assistere alla ripetizione inevitabile d'una serie di avvenimenti già avvenuti. Erano nuove le parole di Ginevra? Era nuova quell'ansietà dell'attesa? Era nuovo quel malessere che mi davano gli occhi di mio figlio rivolti troppo spesso, involontariamente forse, alla mia fronte, a questa maledetta cicatrice? Nulla era nuovo.

Tutt'e tre, intorno alla tavola, tacevamo. Il volto di Ciro esprimeva un'inquietudine insolita. Quel silenzio aveva in sé qualche cosa di straordinario: un significato profondo e oscurissimo, che la mia anima non riuscì a penetrare.

A un tratto, il campanello squillò.

Ci guardammo, io e mio figlio. Ginevra mi disse:

- È Wanzer. Va tu ad aprire.

Andai ad aprire. L'atto era nella mia persona, ma la volontà era fuori della mia persona.

Wanzer entrò.

Debbo descrivervi la scena? Debbo ridirvi le sue parole? Nulla di straordinario in quel che fece e in quel che disse, in quel che facemmo e in quel che dicemmo. Due antichi amici si rivedono, si abbracciano, si scambiano le solite domande e le solite risposte: - ecco l'apparenza.

Portava un gran mantello impermeabile con un cappuccio, tutto molle di pioggia, luccicante. Sembrava più alto, più grosso, più fiero. Aveva tre o quattro anelli alle dita, uno spillo alla cravatta, una catena di oro. Parlava senza imbarazzo, come un uomo sicuro di sé. Era egli forse il ladro tornato in patria dopo la prescrizione?

Mi disse, tra le altre cose, rimirandomi:

- Tu sei molto invecchiato. La signora Ginevra, in vece, è più fresca di prima...

Rimirò Ginevra, socchiudendo un poco le palpebre, con un sorriso sensuale. Egli la desiderava già e pensava che l'avrebbe posseduta.

- Ma di' la verità - soggiunse. - Non sono stato io che ho combinato questo matrimonio? Sono stato proprio io. Ti ricordi? Ah, ah, ah! Ti ricordi?

Si mise a ridere, e Ginevra anche si mise a ridere; e io anche cercai di ridere. Rifacevo assai bene il verso di Battista, credo. Quel povero Battista (pace all'anima sua!) mi aveva lasciato in eredità la sua maniera di ridere convulsa e melensa. Pace all'anima sua!

Ma Ciro guardava me e la madre e l'estraneo, incessantemente. E il suo sguardo, quando si posava su Wanzer, prendeva una espressione di durezza che io non gli avevo mai veduta.

- Ti somiglia abbastanza, questo figliuolo - seguitò colui. - Somiglia più a te che alla madre.

E stese la mano per accarezzargli i capelli. Ma Ciro diede un guizzo, evitò quella mano con una mossa del capo così fiera e così violenta che Wanzer rimase interdetto.

- Tieni! - gridò la madre. - Screanzato!

Lo schiaffo risonò forte.

- Portalo via, portalo via sùbito! - ella mi comandò, pallida di collera.

Io mi alzai: obbedii. Ciro teneva il mento sul petto, ma non piangeva. Sentii a pena a pena stridere i suoi denti serrati.

Quando fummo nella nostra camera, io gli sollevai la testa con l'atto più dolce che potei trovare; e gli vidi su la povera guancia scarna l'impronta delle dita, la traccia rossa dello schiaffo. Le lacrime mi accecarono.

- Ti duole? Di': ti duole molto? Ciro, Ciro, rispondi! Ti fa molto dolore? - io gli chiedevo, chinandomi con una disperata tenerezza su quella povera guancia offesa che avrei voluto aspergere non delle mie lacrime ma di non so quale balsamo.

Egli non rispondeva, non piangeva. Mai mai mai gli avevo veduta quell'espressione dura, ostile, quasi selvaggia: quella fronte corrugata, quella bocca gonfia, quella tinta livida.

- Ciro, Ciro, figlio mio, rispondi!

Non rispondeva. Si scostò da me, andò verso il suo letto, si cominciò a spogliare, in silenzio. Io mi misi ad aiutarlo, con gesti quasi timidi, quasi umili, sentendomi morire al pensiero ch'egli avesse qualche cosa anche contro di me. Io m'inginocchiai davanti a lui per slacciargli le scarpe; e m'indugiai là sul pavimento, tutto curvo ai suoi piedi, tenendo il mio cuore ai suoi piedi, un cuore che mi pesava come un masso di piombo, che mi pareva di non poter più sollevare.

- Papà, papà - ruppe egli all'improvviso, afferrandomi alle tempie. E aveva nella bocca la domanda angosciosa.

- Ma parla, dunque! Ma parla! - io lo supplicai, ancóra là, ai suoi piedi.

Egli s'arrestò; non disse più nulla. Salì sul letto, si cacciò sotto le coperte, affondò la testa nel guanciale. E, dopo un poco, incominciò a battere i denti, come faceva certe mattine d'inverno quando agghiacciava. Le mie carezze non lo calmavano, le mie parole non gli facevano alcun bene.

Ah, signore, chi ha provato quel che io provai in quell'ora, ha meritato il cielo.

Passò un'ora sola? - Mi parve finalmente che Ciro si acquietasse. Egli chiuse gli occhi come per dormire: il volto gli si ricompose, a poco a poco; il tremito cessò. Io rimasi accanto al letto, immobile.

Fuori, seguitava a piovere. Ad intervalli, uno scroscio di pioggia più impetuoso scoteva i vetri; e Ciro spalancava gli occhi, poi li richiudeva.

- Dormi, dormi! Sono io qua - gli ripetevo ogni volta. - Dormi, figliuolo caro!

Ma io, io avevo paura; non potevo soffocare la mia paura. Sentivo sopra di me, intorno a me, una minaccia terribile. E ripetevo ogni volta:

- Dormi, dormi!

Un grido acutissimo, lacerante, scoppiò sul nostro capo. E Ciro balzò a sedere sul letto, si attaccò a un mio braccio, sbigottito, ansante.

- Papà, papà, hai inteso?

E tutt'e due, stretti l'uno contro l'altro, tenuti dallo stesso terrore, ascoltammo, aspettammo.

Un altro grido, più lungo, come d'una persona assassinata, ci giunse, a traverso il soffitto; e poi un altro grido, più lungo, più straziante ancóra, che io riconobbi, che io avevo già udito in una notte lontana...

- Càlmati, càlmati. Non aver paura. È una donna che partorisce, al piano di sopra: sai?, la Bedetti...

Càlmati, Ciro. Non è nulla.

Ma gli urli continuavano, traversavano il muro, ci trafiggevano i timpani, divenivano sempre più brutali. Era come l'agonia d'una bestia male sgozzata. Io ebbi la visione del sangue.

Allora, istintivamente, tutt'e due ci turammo gli orecchi con le mani, aspettando che l'agonia terminasse.

Gli urli cessarono; incominciò lo scroscio della pioggia. Ciro si ritirò sotto le coperte; chiuse di nuovo gli occhi. Io gli ripetei:

- Dormi, dormi. Non mi muovo di qua.

Passò un tempo indefinito. Io ero in balìa del mio destino, come un vinto in balìa d'un vincitore inesorabile. Ero ormai perduto, perduto, inesorabilmente.

- Giovanni, vieni. Wanzer se ne va.

La voce di Ginevra! Mi scossi; mi avvidi che anche Ciro aveva sussultato ma senza muovere le palpebre. Non dormiva dunque? - Esitai, prima d'obbedire. Ginevra aprì l'uscio della camera, e ripeté:

- Vieni Wanzer se ne va.

Allora m'alzai, uscii dalla camera piano piano, sperando che Ciro non se n'accorgesse.

Quando ricomparvi al conspetto di quell'uomo, gli lessi chiara negli occhi l'impressione che io gli feci. Dovetti sembrargli un morente, tenuto ancóra in piedi da una forza non naturale. Ma non gli feci pietà.

Mi guardava, mi parlava alla stessa maniera d'un tempo. Egli era un padrone che aveva ritrovato il suo servo. Io pensai: "In queste ore, che cosa avranno detto, che cosa avranno fatto, che cosa avranno congiurato?" Notai nell'uno e nell'altra un mutamento. La voce di Ginevra, quando rivolgeva la parola a lui, aveva un accento diverso da quel di prima. L'occhio di Ginevra, quando si posava su lui, si copriva di quel velo.

- Piove troppo, - ella disse - bisognerebbe che tu andassi a cercare una vettura.

Capite? Era un ordine dato a me. Wanzer non si oppose. Gli sembrava naturalissimo che io andassi a cercargli una vettura. Non m'aveva egli già richiamato al suo servizio? - E a pena a pena mi reggevo in piedi! Ed ambedue, certo, vedevano che a pena a pena mi reggevo.

Crudeltà inconcepibile. Ma che dovevo fare? Rifiutarmi? Cominciare proprio in quel momento una ribellione? Avrei potuto dire: - Mi sento male. - In vece tacqui; presi il cappello, presi un ombrello, e uscii.

Per la scala i lumi erano già spenti. Ma io vedevo nel buio una moltitudine di bagliori; e nel mio cervello si succedevano, con la rapidità dei baleni, pensieri strani, assurdi, senza nesso. Rimasi un minuto sul pianerottolo credendo di sentir giungere la demenza nel buio. Ma non accadde nulla. Udii distintamente ridere Ginevra; udii rumori degli inquilini di sopra. Accesi un fiammifero; discesi.

Mentre ero sul punto di uscire nella strada, udii la voce di Ciro che mi chiamava. Ebbi proprio una sensazione reale, come dalla risata, come dai rumori. Mi voltai, rifeci le scale in un attimo, con una facilità inesplicabile.

- Così presto? - esclamò Ginevra, vedendomi ricomparire.

Io non potevo parlare, per il grande affanno. Balbettai alla fine disperatamente:

- Non posso... Bisogna che vada di là... Mi sento male.

E corsi da mio figlio.

- Mi hai chiamato? - gli domandai sùbito, entrando.

Lo trovai che s'era alzato a sedere sul letto, come per stare in ascolto. Mi rispose:

- No, non t'ho chiamato.

Ma io credo che non disse la verità.

- Forse, m'hai chiamato in sogno. Non dormivi, dianzi?

- No, non dormivo.

Mi guardava, inquieto, sospettoso.

- E tu che hai? - mi domandò. - Perché sei affannato? Che hai fatto?

- Via, sii tranquillo, Ciro - pregai, evitando di rispondere, accarezzandolo. - Sto qui con te; non mi muovo più. Dormi, ora; dormi!

Si lasciò ricadere sul guanciale, con un sospiro. Poi chiuse gli occhi, per contentarmi, fingendo di addormentarsi. Ma li riaprì, dopo qualche minuto, me li spalancò in viso. E disse, con un accento indefinibile:

- Non se n'è andato ancóra.

Da quella notte, il presentimento tragico non mi lasciò più. Era una specie di orrore vago, misteriosissimo, che s'addensava nell'estremo fondo del mio essere, là dove il lume della conscienza non poteva arrivare. Fra tanti abissi che io aveva scoperti dentro di me, quello rimaneva inescrutabile ed appariva fra tanti il più spaventoso. Continuamente lo sorvegliavo, quasi direi mi ci affacciavo, con un'ansietà tremenda, sperando che un lampo improvviso me lo illuminasse, me lo rivelasse intero. Qualche volta mi pareva di sentir sorgere a poco a poco questo inconoscibile ed avvicinarsi alla zona della conscienza, quasi toccarla, rasentarla, poi d'un tratto ritirarsi al fondo, ripiombare d'un colpo nel buio, lasciandomi un turbamento straordinario, non mai sofferto. Mi comprendete? Imaginate, signore, per comprendermi, imaginate di stare all'orlo d'un pozzo del quale non possiate calcolare la profondità. Il pozzo è illuminato, fino a un certo punto, dalla luce naturale; ma voi sapete che nella tenebra inferiore si nasconde una cosa ignota e terribile. Voi non la vedete, ma la sentite muovere confusamente. E questa cosa a poco a poco sale, giunge sino al confine della penombra, dove voi non potete ancóra distinguerla. Ancóra un poco, ancóra un poco, e voi la vedrete. Ma la cosa si arresta, si ritrae, si sottrae; vi lascia ansioso, deluso, atterrito...

No, no... Puerilità, puerilità... Voi non potete comprendere.

I fatti, eccoli. Dopo alcuni giorni, Wanzer aveva preso possesso della mia casa, era alloggiato nella mia casa in qualità di dozzinante! Ed io, per conseguenza, seguitavo ad essere un servo e a tremare. C'è bisogno, ormai d'esporvi lo svolgimento di questi fatti? C'è bisogno di spiegarveli? Vi paiono strani, forse? E debbo numerarvi tutte le sofferenze di Ciro? - le sue collere mute e verdi le sue parole amare a cui avrei preferito qualunque tossico; e i suoi gridi e i suoi singulti improvvisi nella notte, che mi facevano drizzare i capelli; e le immobilità cadaveriche del suo corpo nel letto, spaventevoli; e le sue lacrime, le sue lacrime, quelle lacrime che certe volte si mettevano a colare d'improvviso, a una a una, dagli occhi che rimanevano aperti e puri, che non si infiammavano, che non si arrossavano... Ah, signore, bisogna aver veduto piangere quel bambino per sapere come l'anima pianga.

Abbiamo meritato il cielo. Gesù, Gesù, non abbiamo meritato il tuo cielo?

Grazie, signore; grazie. Posso seguitare. Lasciatemi seguitare sùbito, altrimenti non giungerò a dirvi la fine.

Ci avviciniamo, intendete?, ci avviciniamo; ci siamo già. Oggi che giorno è? Il ventisei di luglio. Ebbene, fu il nove di luglio, di questo mese! Pare un secolo fa; par ieri.

Io stavo nella retrobottega d'una drogheria, curvo su lo scrittoio a lavorar di conti, affannato di stanchezza e di caldo, divorato dalle mosche, nauseato dell'odore delle droghe. Potevan essere le tre del pomeriggio. Spesso interrompevo il lavoro, per pensare a Ciro che in quei giorni si sentiva più male del solito. Contemplavo, dentro il mio cuore, la sua figura consunta dal patimento, esile e pallida come un cero.

Notate, signore, una cosa. Da uno spiraglio (aperto nella parete a cui volgevo le spalle, dunque sopra il mio capo) scendeva la striscia di sole.

Notate, signore, queste altre cose. Un garzone, un giovane corpulento, dormiva sdraiato su i sacchi, inerte; e le mosche ronzavano sopra di lui innumerevoli come sopra una carogna. Il padrone, il droghiere, entrò e andò verso un angolo dov'era una catinella. Gli usciva il sangue dal naso: e, come egli camminava curvo per non macchiarsi la camicia, il sangue gocciolava a terra.

Seguirono alcuni minuti di un silenzio così profondo che pareva una sospensione della vita. Non capitava un cliente; non passava una vettura; il garzone non russava più.

D'un tratto, udii la voce di Ciro.

- C'è papà?

Me lo vidi comparire d'innanzi - in quel luogo basso, tra quei sacchi, tra quei barili, tra quei mucchi di sapone, lui così fine, quasi diafano, con l'apparenza d'uno spirito! - me lo vidi comparire d'innanzi come in una allucinazione. La fronte gli grondava di sudore, le labbra gli tremavano; ma mi parve animato da una energia quasi selvaggia.

- Come qui, tu? - gli chiesi. - A quest'ora? Che è successo?

- Vieni, papà; vieni.

- Ma che è successo?

- Vieni, vieni con me.

Aveva la voce rauca ma risoluta.

Io lasciai là tutto, dicendo:

- Tornerò fra poco.

E uscii con lui, sconvolto, vacillando su le gambe che mi si piegavano.

Eravamo nella via del Tritone. Volgemmo in su, verso la piazza Barberini che era un lago di fuoco bianco, deserta. Non so se era deserta, ma io non vidi che il fuoco. Ciro mi afferrò una mano.

- Ebbene, non parli? Che è successo? - gli chiesi per la terza volta, pur avendo paura di ciò che egli stava per dire.

- Vieni, vieni con me. Wanzer l'ha battuta... l'ha battuta.

Il furore gli strozzava la voce nella gola.

Pareva ch'egli non potesse dire di più. Affrettava il passo, mi trascinava.

- L'ho veduto io - riprese. - Dalla mia camera, ho sentito che gridavano; ho sentito le parole... Wanzer l'ha coperta di vituperii, l'ha chiamata con tutti i nomi... Ah, con tutti i nomi... Intendi? E io l'ho veduto quando le si è gettato addosso con le mani alzate, urlando... "Prendi! Prendi! Prendi!" Su la faccia, sul petto, su le spalle, da per tutto, ma forte, ma forte... "Prendi! Prendi!" E la chiamava con tutti i nomi... Ah, tu li sai.

Irriconoscibile quella voce: rauca, stridula, sibilante, rotta da soffocazioni d'odio così furiose che io pensai con raccapriccio: "Ecco, ora mi cade; ora mi resta qui, di schianto, sul selciato."

Ma egli non cadde; seguitò ad affrettare il passo, a trascinarmi, sotto quel sole feroce.

- Credi tu che io mi sia nascosto? Credi tu che io sia stato fermo, che io abbia avuto paura? No, no; non ho avuto paura. Mi sono fatto innanzi, io; mi sono messo a gridargli contro; l'ho afferrato per le gambe, gli ho dato un morso a una mano... Non ho potuto far altro... M'ha sbattuto per terra; poi s'è gettato ancóra addosso a mammà; l'ha presa per i capelli... Ah che vile, che vile!

S'interruppe, soffocato.

- Che vile! L'ha presa per i capelli, l'ha tirata verso la finestra... La voleva gettare di sotto... Ma poi l'ha lasciata... "Fuggo via; se no, ti uccido." Ha detto così. Ed è fuggito; è fuggito via dalla casa... Ah, se avessi avuto un coltello!

S'interruppe, di nuovo, soffocato. Eravamo nella strada di San Basilio, deserta. Io lo supplicai temendo di cadere, di vederlo cadere:

- Férmati, férmati un poco. Ciro! Fermiamoci un poco qui, all'ombra. Tu non ne puoi più.

- No, bisogna far presto, bisogna arrivare in tempo... Se Wanzer ritornasse a casa, per ucciderla?... Aveva paura, mammà, aveva paura di vederlo ritornare, d'essere uccisa. L'ho sentita io che diceva a Maria di prendere la valigia, di metterci la roba dentro, per andarsene sùbito, fuori di Roma... a Tivoli, credo... da zia Amalia... Bisogna arrivare in tempo. La lascerai partire, tu?

Egli si soffermò, soltanto per guardarmi in bene in faccia e per ottenere la mia risposta. Io balbettai:

- No... no...

- E lui lo lascerai rientrare a casa? Non gli dirai nulla? Non gli farai nulla?

Io non risposi. Ed egli non s'accorse che stavo per morire di vergogna e di dolore. Non se n'accorse; perché, dopo un intervallo di silenzio, mi gridò all'improvviso, con una voce diversa da quella di prima, tremante d'una commozione profonda:

- Papà, papà, tu non hai paura... tu non hai paura di lui; è vero?

Io balbettai:

- No... no...

E seguitammo a camminare verso la casa, nel gran sole, su per i terreni devastati della villa Ludovisi, fra i tronchi abbattuti, fra i mucchi di mattoni, fra le pozze di calce, che mi abbarbagliavano e mi attiravano. - Meglio, meglio morire bruciato vivo in una di queste pozze - io pensavo - che affrontare l'avvenimento ignoto. Ma Ciro mi aveva ripreso ancóra per la mano e mi trascinava con sé, ciecamente, verso il destino.

Giungemmo; salimmo.

- Hai la chiave? - mi domandò Ciro.

L'avevo. Aprii la porta. Ciro entrò per il primo; chiamò:

- Mammà! Mammà!

Nessuno rispose.

- Maria!

Nessuno rispose. La casa era vuota, piena di luce e d'un silenzio sospetto.

- Già partita! - disse Ciro. - Che farai?

Entrò in una stanza. Disse:

- È successo qui.

Una sedia era ancóra rovesciata. Io scorsi sul pavimento una forcina torta e un fiocco rosso. Ciro, che guardava dove io guardavo, si chinò, raccolse alcuni capelli, molto lunghi, e me li mostrò.

- Vedi?

Gli tremavano le dita e le labbra; ma la sua energia era caduta. Le forze gli mancavano. Lo vidi vacillare, me lo vidi svenire tra le braccia. Lo chiamai.

- Ciro, Ciro, figlio mio!

Era inerte. Non so come feci a vincere la debolezza che stava per prendere anche me. Un pensiero mi balenò: "Se Wanzer ora entrasse?" Non so come feci a sostenere la povera creatura, a portarla fino al suo letto.

Rinvenne. Io gli dissi:

- Bisogna che tu ti riposi. Vuoi che ti spogli? Hai la febbre. Farò venire il medico. Ora ti spoglio io, piano piano. Vuoi?

Io dicevo quelle parole, compivo quegli atti, come se non dovesse accadere altro, come se le cose comuni della vita, le cure pel mio figliuolo mi dovessero occupare nel resto di quel giorno. Ma sentivo, ma sapevo, ma ero certo che non sarebbe stato così, che non poteva essere così. Ma un pensiero unico, veramente, mi scavava il cervello; ma l'ansia d'un'aspettazione unica, veramente, mi torceva le viscere. L'orrore, accumulato già nell'estremo fondo, si propagava ora per tutta la mia sostanza, faceva vivere i miei capelli dalle radici alle cime.

Io ripetei:

- Làsciati spogliare e mettere nel letto, da me.

Ciro disse:

- No; voglio rimanere vestito.

La sua voce nuova, le sue nuove parole, che pure erano gravi, non interruppero dentro di me la ripetizione incessante della sua domanda semplice e terribile: "Che farai?".

"Che farai? Che farai?"

Qualunque azione era per me inconcepibile.

M'era impossibile di determinare un proposito, di imaginare uno scioglimento, di meditare un'offesa, una difesa. Il tempo passava, e nulla accadeva. - Io avrei dovuto andare a chiamare il medico, per Ciro. Ma Ciro avrebbe consentito a lasciarmi uscire? Consentendolo, egli sarebbe rimasto solo. Io avrei potuto incontrare Wanzer per le scale. E allora? O Wanzer avrebbe potuto rientrare nella mia assenza. E allora?

Secondo le imposizioni di Ciro, io non dovevo lasciarlo rientrare, gli dovevo dire e gli dovevo fare una qualche cosa. Ebbene, io avrei potuto chiudere la porta da dentro, col chiavistello. Wanzer, non potendo aprire con la chiave, avrebbe tirato il campanello, avrebbe bussato, avrebbe strepitato, furiosamente. E allora?

Noi aspettammo.

Ciro stava supino sul suo letto: io gli stavo seduto accanto e gli tenevo una mano, premendogli col mio pollice il polso. I battiti crescevano con una rapidità vertiginosa.

Non parlavamo; credevamo ascoltare tutti i rumori e non ascoltavamo che il rumore del nostro sangue. Nel vano della finestra si sprofondava l'azzurro; le rondini volavano rasente, come per venir dentro; le cortine si gonfiavano come per un respiro; su l'ammattonato il sole disegnava esattamente il rettangolo della finestra, e l'ombre delle rondini ci giocavano. Tutte queste cose per me non avevano più realtà, non ne conservavano che una parvenza; non erano più la vita, ma simulavano la vita. Perfino la mia angoscia era imaginaria. - Quanto tempo passò?

Ciro mi disse:

- Ho tanta sete. Dammi un poco d'acqua.

Io mi alzai per dargli da bere. Ma la bottiglia sul tavolo era vuota. Io la presi; e dissi:

- Vado in cucina a empirla.

Uscii dalla stanza, andai in cucina, misi la bottiglia sotto la cannella dell'acqua marcia.

La cucina era attigua alla saletta d'ingresso. Mi giunse all'orecchio, distinto, il rumore d'una chiave girata in una serratura. Rimasi impietrito, nell'impossibilità assoluta di muovermi. Ma udii aprire la porta, riconobbi il passo di Wanzer.

Costui chiamò:

- Ginevra!

Silenzio. Fece altri passi. Di nuovo chiamò:

- Ginevra!

 Silenzio. Altri passi. Evidentemente, egli ora la cercava per le stanze. Impossibilità assoluta di muovermi.

D'improvviso, udii il grido di mio figlio, un grido selvaggio, che disciolse immediatamente la mia rigidità. Gli occhi mi corsero a un lungo coltello che luccicava su la madia; e, nel tempo medesimo, la destra mi corse ad afferrarlo, e una forza prodigiosa m'investì il braccio; e mi sentii trasportato su la soglia della stanza di mio figlio, come da un turbine; e vidi mio figlio avviticchiato con una furia felina al gran corpo di Wanzer, e vidi su mio figlio le mani di costui...

Due, tre, quattro volte gli confissi il coltello nella schiena, sino al manico.

Ah, signore, per carità, per carità, non mi lasciate, non mi lasciate solo! Prima di sera, morirò; vi prometto che morirò. Allora ve n'andrete, mi chiuderete gli occhi e ve n'andrete. No, neanche questo vi chiedo; io, io stesso, prima di spirare, li chiuderò.

Vedete la mia mano. Ha toccato quelle palpebre; e s'è ingiallita... Ma io le volevo abbassare, perché Ciro ogni tanto si drizzava sul letto e gridava:

- Papà, papà, mi guarda.

Ma come poteva fare a guardarlo, se era coperto? I morti guardano a traverso i lenzuoli, forse?

E la palpebra sinistra resisteva, fredda fredda...

 Quanto sangue! Può un uomo contenere un mare di sangue? Le vene si vedono a pena, sono tanto sottili che a pena a pena si vedono. E pure... Non sapevo dove mettere il piede; le scarpe mi s'inzuppavano come due spugne, - è strano, eh? - come due spugne.

 Uno, tanto sangue; e l'altro, neanche una goccia: - un giglio...

Oh, mio Dio, un giglio! Ci sono dunque ancóra delle cose bianche, al mondo?

Quanti gigli!

Ma vedete, vedete, signore, che cosa mi prende? Che è questo bene che mi prende?

Prima di sera, oh, prima di sera.

Entrò una rondine...

Lasciate entrare... quella rondine...

Roma, gennaio 1891.

- FINE -